一 南 京 市 江 宁 区 文 联

艾草的守望

陈 聪 著

国际文化出版公司
·北京·

图书在版编目（CIP）数据

艾草的守望 / 陈聪著. — 北京 ： 国际文化出版公司，2020.5
ISBN 978-7-5125-1195-8

Ⅰ. ①艾… Ⅱ. ①陈… Ⅲ. ①中篇小说－小说集－中国－当代 ②短篇小说－小说集－中国－当代 Ⅳ. ①I247.7

中国版本图书馆 CIP 数据核字（2020）第 024974 号

艾草的守望

作　　者　陈　聪
责任编辑　赵　辉
封面设计　鸿儒文轩
出版发行　国际文化出版公司
经　　销　全国新华书店
印　　刷　三河市华东印刷有限公司
开　　本　880 毫米 ×1230 毫米　32 开
　　　　　8.75 印张　171 千字
版　　次　2020 年 5 月第 1 版
　　　　　2020 年 5 月第 1 次印刷
书　　号　ISBN 978-7-5125-1195-8
定　　价　45.00 元

国际文化出版公司
北京朝阳区东土城路乙 9 号　邮编：100013
总编室：（010）64271551　传真：（010）64271578
销售热线：（010）64271187
传真：（010）64271187-800
E-mail：icpc@95777.sina.net
http://www.sinoread.com

目　录

艾草的守望

生活中，更多的是那些看不见的疼痛和无奈。

——题记

一

吴宇垂下头，漫不经心地收拾着自己换洗的衣物。他不敢抬头看一眼身边这个和自己同床共枕了将近一年的女人，还有她那充满期待与忧伤的眼神。他知道她此时也是那么的无助和不安。他们谁都没有料到事情会发展到这种地步——原来只想做个临时夫妻，各取所需，相互取暖，和所有工地上那些男人女人一样，人走茶凉，各不相欠。谁能想到她居然那么容易就怀上了自己的孩子呢？而且正好是在这个女人渴望有个孩子的当口儿，让她做人流是不可能的事情，经过半年的明争暗斗，吴宇最终无言以对，然后不得不做出了无奈却在情理之中的选择：明天就回乡下和老婆摊牌——离婚。

吴宇到建筑工地上来做活儿，原本只是想挣钱给老婆买一条不贵但也不便宜的金项链。结婚那年，家当凑合着买齐备了，可是殷实人家那些个约定俗成的金银首饰还是没有买齐全，当时口头许诺以后补上。虽然后来妻子没有再追究，可是，每当看到妻子和一大帮小媳妇、大姑子围聚在一块儿八卦的时候，那些个婆娘颈子上黄灿灿的项链，耳朵上摇曳着的银环坠子就如一团正午的骄阳，不断炙热到吴宇的眼球，甚至烧烤在他看不出来的心眼里！男人的那一股子自尊和倔强时刻促使他最终来到了城市的建筑工地上，一天一天积攒着为妻子买项链的资本，或者说，是他们夫妻共同的面子和尊严。

吴宇没有想到，工地上的生活环境是这样的单调和乏味，比整天喝白开水还倒胃口。每天收工后要面对食堂里的大锅菜：千篇一律的白菜豆腐，青椒土豆片，似乎是永远变化不了的西红柿鸡蛋汤。别的工友可以出去改善乏味的生活，发生活费了还可以出去打牙祭、逛街，甚至去醉生梦死一回。吴宇没有去，不是不想，也不是不愿，而是他对工地上的生活彻头彻尾地厌恶，所以他像吝啬鬼一样捂紧自己的钱包，就是想早点攒够买一条项链的钱。有时他也被工友怂恿得差点就要动心了，但最终还是被大白菜的酸味，被妻子的身影给遏止住了。

他知道，在工地上多花一分钱，就意味着要在工地上多留一会儿，那么妻子艾草在乡下就会多一天盼望和辛劳。

吴宇家有近十亩土地，往年都是夫妻两个一块儿耕耘，加上父母的帮衬，倒也轻松，这样他就可以在农闲时节出来找点零工补贴家用，生活不算富有，但也其乐融融。偏偏那些个婆娘金色的脖子和银色的耳朵把他和妻子推进了一个离别的生活圈子，虽然这已经是当下生存的一种必然的状态。

吴宇还是很爱自己的婆娘艾草的。艾草贤惠而善良，还有那么一些单纯，用村里的一些男人在吴宇面前夸赞的话来说，颇有几分姿色，脸似银盘，乳房高耸，臀部饱满圆润，加之艾草没心没肺一样，整天乐呵呵的，见谁都像是亲人那么热情，反过来就成了人见人爱了。这人见人爱，原本是好事，可吴宇就闹心了，别的男人只要对艾草一笑，他的心就会跟着跳，就会有酸水冒上来。吴宇知道这是自己小气，或者说是书呆子气所致。他虽然是农民，骨子里还是有那么一些文艺气质，曾经是看过一些书籍的，所以就比村里那些粗线条的男人多出一些小心和烦脑。艾草对他说过，她就是被他这些外在的傻气和内在的儒雅气息给吸引住的，才在那样多的男人堆里相中了他，尽管家境比其他人家要逊色得多也没有嫌弃。这也是吴宇感激妻子的缘由，所以才不得不背井离乡，离妻别子。

二

吴宇在工地上刚做了一个多月就遇到了工头的表嫂李巧珍，在后来的几次接触中，吴宇慢慢了解了她的状况。

巧珍的男人也是在外做工的，一次意外事故把身体给弄残缺了，生活的担子也就落到了女人的身上，除了做完家里的农田，闲暇的时候也出来做小工挣钱。如今的生活，稍不留神，就会被人甩到后面，物价一天一天在涨，柴米油盐酱醋茶，缺一不可，唯独工钱还是那样保持原来的水准，你要是嫌弃了，愿意干活的人多着呢，谁还稀罕你啊？现在什么都缺，就是不缺没有技术的临时工。

巧珍快要三十岁了，还没有孩子，最后才检查出来是丈夫的原因：先天性精子稀少，再加上这次事故导致下体残废。这样的事对于农村家庭来说，不亚于晴天霹雳或雪上加霜。但又能怎样呢？大不了以后领养一个孩子吧。可是这样的机会也是难遇的，谁家不是一个两个都当宝贝似的，谁还有多出来一个送给你？事情就这样紧一程慢一程地淌水一样过来了。

工地上的生活确实枯燥。白天还稍微好一些，大工砌墙，抹灰、整地坪，小工跟随大工辗转腾移，说说笑笑；有时男工女工之间也会打情骂俏，摸摸捏捏，你情我愿，一天就这样过去了。接着，就是夜晚。建筑工地的夜晚是寂静的，连狗叫的声音都难以听到，偶尔从远处的公路上能传来几声汽车的鸣笛。人心在这样的时刻，就会显示出孤独、寂寞、烦躁，就会想起家里的女人或者外面的男人，就会心生欲念，蠢蠢欲动，孤枕难眠！

吴宇正在看一本言情小说，是从镇上租来的，五角钱一天。吴宇眼睛有点酸了，情节也由高潮落入低谷。放下书，他准备出去晃荡一会儿再回来睡觉。如果这时候就倒头躺在床上，无论如何是睡不着的，要不就想着艾草，闭着眼睛，和她在天空交织、奋战，然后丢盔卸甲败下阵来，最后呼呼大睡，直到天明，重复在同样枯燥而又单调的生活轮回里。

吴宇扔下书，晃悠悠地走出了工棚。大多人都出去轧马路了，还有的就围在一起昏天黑地地斗地主、诈金花，年龄大一点儿的就坐在一块儿拉家常，观赏着从二手市场买来的破旧电视。

时令已进五月，这是一个春风沉醉的夜晚。吴宇一边往外走，一边回味着刚才书里那段对女主人公的描写，当时看着就让人想入非非，蠢蠢欲动。吴宇刚走出工棚，就听见隔壁传来阵阵清晰的水声，出于好奇，也是因为无聊，他慢慢走了过去。当他的目光穿过细碎的灯影，直落到屋里的角落时，他惊呆了。

巧珍在洗澡，洗得那么惬意，那么专注！巧珍的身子真美，吴宇看呆了，甚至忘记了自己在哪里，也忘了屋子里的“出水芙蓉”。对，就是出水芙蓉，刚才小说里就是这样描绘女主人公的，想不到，现在他真的遇见了，措手不及！

一声剧烈的咳嗽从打牌的屋子里砸了出来，吴宇一惊，拔腿就跑，却没有料到脚下谁扔了一个破旧的脸盆，咣当一声，水声没有了，灯也灭了。吴宇惊慌失措中，无意中瞥见了黑暗里一双明亮闪烁的眼睛。吴宇觉得自己的衣裤被那双眼睛里伸出的激光之手剥落了下来，赤身裸体地暴露在夜色里。

吴宇一口气跑出老远，这里有一条窄小的河，河面有一座矮小的水泥桥，他呼哧呼哧地喘息着，心剧烈地咚咚跳着，像要钻出喉管来了。

巧珍看出是我了吗？明天会传出我的绯闻吗？巧珍真美，好白啊！啪的一声，吴宇抽了自己一个嘴巴，心里的火焰才随着疼痛逐渐冷却下来。

夜，已经很深了，露水沾到了眼前的睫毛上，凉凉的。天空的星星越来越多，几颗硕大的星星还散发着清冷的光晕。吴宇想着，该回去了，明天还要打混凝土，这是最剧烈的工期时段，也许还得加班加点，不舍昼夜才能完工。

三

天，不知道什么时候亮的，吴宇是在梦里被外面的工头喊醒的。那时，吴宇在梦里正和一个女人缠绵，一会儿是艾草，一会儿却又是巧珍。吴宇赶紧穿衣、起床、洗脸、刷牙，来到食堂盛了稀饭，拿了两个馒头慢慢咀嚼着。

吴宇转头看了一眼外面的天气：阳光灿烂。他在心里狠狠骂了一句，他妈的——要是能下一场暴雨就好了，这样就可以停工不干活，也就不用和巧珍见面。可是老天没一点儿要下雨的意思，风和日丽，春风徐徐。

吴宇来到打浆机旁边的时候，巧珍在割开水泥袋子，准备打砂浆，地上已经围好了一个大圆坑，只等放水搅拌。吴宇低头走过去，没看巧珍，直接跑到水龙头前拧开阀门，然后拖着管子，把水冲入沙子和水泥里。他扭头看着远处来往的车辆和行人，直到听见巧珍在喊：“你在看丧啊！水都漫出来了。”吴宇这才赶紧转眼过来，脸突然就觉得火辣辣的。巧珍望着他，半真半假地问：“咦，小吴你早上也喝酒了吧？脸那么红，颈子都红了，喝了多少酒呀你？”吴宇愈发觉得无地自容！

他不知道，巧珍是在有意嘲笑他，还是无意对自己有了一层关心。他想起昨晚无意间看了她洗澡，突然心动起来，眼前的巧珍无比的亲切和妩媚。他想着心就越发激动，脸孔越加红涨！

巧珍突然哈哈大笑起来，笑得满脸红霞，娇媚百态，花枝乱颤，这让吴宇有些窒息和慌乱！

吴宇趁着巧珍笑声停息的空当，低声地问道："你笑什么，有什么好笑？"可是，巧珍一直笑，笑得吴宇摸不着头脑且心慌意乱、手足无措！

巧珍终于停止了笑，居然凑近吴宇的身边说："你昨晚做坏事了吧？"说完又呵呵笑了起来。

吴宇的心思让巧珍看穿了，就像被她扒光了所有的衣服裤子，赤裸在她的眼前，简直无地自容。他突然恼羞成怒，大声说："我昨晚是做坏事了，不小心把谁的洗脸盆给踩瘪了！"

原以为，巧珍要问他什么盆，吴宇就打算豁出去了，正好可以试探一下她的态度。可是巧珍却还是笑盈盈地说："我知道，那个盆是我扔在那儿防止夜里有狼来的。想不到还真管用，在我洗澡的当口儿，一只大色狼踩到盆上就吓跑了。哈哈……"

终于被她发现了，真丢人啊！嗯？不对啊，她没有怪罪的意思啊，怎么还是笑呵呵的呢？吴宇从巧珍的笑容里得到了原谅、鼓励，甚至还有那么一些诱惑和冲动！

工头王开会不知从哪边走过来，满脸不快地说："你们在笑啥，不好好干活，等会儿砂浆跟不上用，别怪我没提醒你们。

要想打情骂俏等收工再做呵。现在干活，干活！真是的……”

吴宇和巧珍就收敛了所有的情绪，开始默默地忙碌起来。可是，他们在心里都觉得和对方靠近了很多、亲近了很多，就如从一个陌生人变成很默契的好朋友那样，让人快乐和欣喜！幸福的感觉就在他们的心里荡漾着、扩散着，久久、久久地蔓延下去，一直到中午收工！

午饭的时候，吴宇端着饭盒走近巧珍，然后在她面前坐下来，望着她憨厚地笑笑。巧珍呢，也相视一笑，然后冲他点点头，又摇摇头。那个意思，吴宇立马会意了。他什么也不说，低头专心吃饭，连往日厌恶的大白菜、豆腐和土豆片都吃得一丝不苟，一点不剩了。

下午的工期很紧迫，他们没有再说什么话，但他们的一个眼神、一次相视一笑，都有了内容。在她拖不动被压着的水泥袋子时，吴宇跨过去帮助她拖出来划破，倒掉；当她要去拉下一袋子水泥时，吴宇就赶紧抢过去说，“我来我来”，快速把事情给解决了！这时候，巧珍就会在他肩上拍一下，或者在他腰板儿上捏一把，既有疼，也有酸软的痒痒。

终于熬过了下午，夕阳就要落下去了，晚霞映衬着天空，人的脸和身体也被渲染成了金光色。

吴宇在收拾最后一个工具时，低声地向巧珍说：“哎，晚上别去食堂了，我们出去吃大排档，我在街外面的理发店门口等你，来不来随便你，反正我一直等你。”巧珍没答声，不置可否，只是冲吴宇甜甜地笑笑！

在所有的人都拥向工地食堂的时候，吴宇却一个人走出了工棚。他来到大街上的华仔美发连锁店外，来回游逛着，等待着巧珍。他感觉她一定会来的，她的笑容就是答案。

天黑下来的时候，巧珍款款而来，而且换了干净合身的衣服，看起来是那样得体和舒心，给人的感觉就如身处六月天里的一片阴凉！

吴宇几步迎上去，拉着巧珍的手就向一家饭店走去。巧珍一边走一边说："我可是吃了一点饭的，然后洗了澡才出来的，就知道你在外面傻傻地等，不来怕你一夜都不回工地，明天可还要干活的。你少点菜，够你吃就行了，我这几天没有胃口！"

吴宇拉着巧珍的手就用力摇摆几次问："怎么了，身体哪里不舒服，要不我带你去诊所检查一下？拖着病干活可不行啊！"

巧珍竟然露出了满意的笑容说："没有什么大碍，就是没有力气，好像水喝少了点。我习惯了，在家就很少喝水，家里男人也没有提醒过我，一忙一累就忘了！"巧珍说着竟然红了一下脸，扭转头没敢看吴宇的眼睛。

吴宇说："好，那我请你喝啤酒，你可知道，啤酒里有大量麦芽糖，容易吸收，对身体可好了，还能解乏解闷呢！"

巧珍说："我很少喝酒的，特别是啤酒的味道不习惯。"

"没事，多喝几次就舒坦了，而且越喝越有瘾呢，不然那么多男人都喜欢酒呢，呵呵……"吴宇说着竟然自己笑了。

一个红烧鲫鱼、一个凉拌黄瓜、一个川味回锅肉、一个紫菜蛋汤，原本还要一个红烧仔鸡的，老板笑笑说：“你不怕禽流感啊？你不知道现在都谈鸡色变吗？想买也没地方买呢。”吴宇这才和巧珍相视一笑，慢慢喝着茶等菜上桌。

菜都上齐全的时候，吴宇一个劲儿给巧珍夹菜，巧珍也抢着把新鲜的菜往吴宇的碗里送。一来二去，他们的碗里全都是菜了，然后他们就相视一笑，会心地低头吃了起来。

两个人不知不觉就喝了两瓶哈尔滨啤酒。巧珍迷离着眼睛说：“好了，不喝了，再喝就回不去了，会丢人的！你也少喝点，多了就伤身子了。走吧，回去吧！”

吴宇喊来老板付了钱，巧珍笑笑说：“你破费了，下次我请你。”吴宇用假装着生气的口吻说：“巧……巧珍，你寒酸人吧？几十块钱也值得你计较吗？你可不是……不是那么小肚鸡肠的女人吧？”吴宇说着站起来，突然一晃，差点儿摔倒。巧珍赶紧伸手扶住了他说：“看看，看看，喝多了吧！还要喝呢，再喝就成死牛了！”说着就依靠着吴宇走出了饭馆的门。

两个人晃悠悠地走着，没有目标，也没有说话。身边的行人和车辆仿佛离他们很遥远，也毫无相干。他们两人的身体却有意无意地碰撞接触，彼此都能感受到对方的体温和不断增长的欲望。

夜渐渐地沉寂下来，路上行人车辆少得几乎不见踪影。习习凉风从远处吹拂过来，偶尔撩起他们的头发。两个人都觉得自己越来越软弱，越来越迷糊了。巧珍使劲握了一下吴宇的手说:“哎，我们回去吧，不早了，明天还要干活呢。我这两天本来就犯困，可能是我的‘大姨妈’要来了。”

吴宇一时没有反应过来，问道:“你大姨妈要来?她来这里做啥啊，来看你?”巧珍又被他逗笑了:“你真是不懂，还是装斯文啊?大姨妈就是女人每月都要来的月经啊。”吴宇这才明白了过来。

眼看就要走进工地了，吴宇忽然说:“我送你回屋吧，黑灯瞎火的，我不放心你，别被什么东西绊脚，伤了就不能干活了。”巧珍听着就一阵激动，不由抓紧了吴宇的手，然后他们就来到了巧珍的门外。其实，也没有什么门，在工地上，都是用一块简易的木板意思一下罢了。

巧珍在身上摸索了半天才掏出了钥匙来，然后就放在了吴宇的手里。可是头一晕，身子就向下歪去。吴宇赶紧一把从后面搂住了她，他们同时都像触电一样，心跟着抖了一下，迅速地放开了对方。可是，刚分开，他们就更加迅速地又拥抱在一起，久久没有分开……

巧珍摸索着打开门，吴宇的双手再次按在巧珍的胸口之上，两个人都没有再犹豫了，身子不由自主挪向那张简易的铁床，然后重重地倒在了一起……

四

春天在不经意间就走远了，那些花儿谢了，那些草儿却更加旺盛了起来，在夏日午后的阳光照耀下，越发显出蓬勃的生机。

艾草抬头揩了一把额头的汗，又继续给高过自己的玉米添加肥料。这些挺拔、英俊的玉米，好像男人的身板儿哪。艾草知道，自己又在想男人了，确切地说，是想自己的男人吴宇了。掐指算算，都有小半年了，春节刚过就出去了，也不知道他在外面生活得怎样，夜里会不会着凉？他总是还像个没有长大的孩子那样，会在夜里蹬被子，然后就会咳嗽，严重一些就会发烧。在工地上，和那些粗犷的男人睡一起，谁会在意他，谁能关心他、疼爱他呢？都是那几个饶舌的婆娘，没事就跑到家里来，说金道银。首饰对女人有多重要，她不知道，反正自己真的就没有那么看重这些东西，所以结婚那阵子也就没有过分强求买齐那几件必须要有的首饰。家常过日子，夫妻和睦是最好的生活，如果夫妻不和，穿金戴银也是不舒坦的。可是，男人还是被几个饶舌的女人给驱逐出去挣钱了，他说一定要让自己有面子，不被别人看不起！

刚出去那阵子，吴宇会隔两天就打个电话回来，问问孩子和两个老人的生活情况，也会在结束的时候，对艾草说“想你”和“爱你”之类温存的话语；可是，夏天刚到，电话就越来越少了。只有孩子想爸爸的时候，艾草不得不用家里的固定电话拨通男人的手机，让孩子和爸爸说上几句，再喊来公公婆婆说上几句，当临到艾草要说的时候，那边通常就因为到了上班或者吃饭的时间而匆匆挂了。几次，艾草捏着话筒，放在耳边，听着里面嘟嘟的忙音，心有些疼，眼发酸。她还得克制自己，不要流下泪水，那样会叫公婆笑话，也会让他们担心。

艾草渐渐有了心事，这些心事只有她自己知道，说不出去的，包括那几个经常跑来和艾草八卦的女人。原先，吴宇是爱着自己的，而现在呢？艾草不敢说。

正在胡思乱想之际，身后突然有个男人笑嘻嘻地说："艾草妹子，想男人呢？"艾草扭头一看，气就涌出了心口，又是这个泼皮吴大赖。别的男人，一到农闲，就出去找活做，就他整日里在村子里游荡，见了女人就挪不开腿，喋喋不休，像蜜糖上的苍蝇似的嗡嗡地纠缠着不肯离去。特别对艾草，吴大赖总是有意无意地说些混账话来逗艾草，甚至吴宇在家的时候，他也经常溜达过来说三道四，有一天还被吴宇用扫把轰出了门。

"你来我这里做什么？"艾草生气了，也有些担心，更有些害怕地说，"我男人就在这几天要回来了，赶紧走，不然我喊人了。"吴大赖嬉皮笑脸地说："艾草妹子，你别这样假正经好不好？男人都出去有半年了也没有回来看看你，八成是在外面有女人了。那就让哥哥我安慰你吧，我早就喜欢妹妹了，夜夜做梦都想啊。"吴大赖说着就伸手向艾草的胸口摸了过来。

艾草呼啦一下子就闪过了身子，举起手里挖坑的小铲子，冲着吴大赖说："吴大赖，你再过来，看我不把你的脸剁下一块肉来喂狗。我男人昨天夜里打了电话，明天就回来过端午了，你又忘了吃他扫把的滋味了吧！快滚，滚啊！"

吴大赖不慌不忙地笑着说："艾草妹子，你别凶嘛！女人什么心思，哥哥我一眼就看穿了，你在想男人了。我来就是想对你说，你男人在外真有女人了，还是工头的表嫂，可俊了，他们都睡一块儿了，你还蒙在被子里做梦呢。不信，你问吴军的老婆菊花，是她男人打电话说的，她后来有天和兰草说的时候我正好听见了。”

艾草的心猛地一抖，眼睛随着就水汪汪的了，她强忍着对吴大赖喊道：“你鬼东西说瞎话谁信啊！你整天就是在村里的女人堆里厮混，什么坏话都编得出来。滚开，我要做活了。”吴大赖慢慢移动着，接近艾草又说：“妹子，你可以不信我的话，你晚上总会看电视吧？你看新闻联播了吧？你听说临时夫妻了没有啊？一个女代表都把这事提到中央的大会上去了，说现在的工地上，男男女女都合成了临时夫妻，留守在农村的也凑合着过日子了，我们也凑合着过呗。”

艾草瞬时间就无语了，她这段时间的担忧终于成了事实，而且是在这个泼皮无赖口里得到的证实。前阵子，电视里的“两会”上，一个女代表对安徽和江苏的建筑工地做了调查后，提交了一个“关于农民工临时夫妻的报告”，具体又详细地介绍了目前民工的生活状态：很多民工都是四五个月没有过性生活，甚至还有八九个月的，她还建议政府高度重视这方面的现实，给民工一些必要的帮助，比如盖夫妻公寓、夫妻房什么的。那时候，艾草就在心里产生了隐约的担忧：男人也小半年没有回来了，想想他在家时对自己身子的贪恋，如今都这么长时间了，他是怎么熬过来的啊？现在被吴大赖一说，艾草就什么都明白了。艾草的泪水一下子就涌出了眼眶，眼前的玉米儿渐渐模糊了，天空也黑了起来。她感觉头一晕，身子摇晃了一下，差点倒下去，却被人从后背紧紧抱住了，然后有一只大手在自己的胸口急切地搓揉着，耳边急促的喘息声越来越响。艾草一惊，就清醒了，甩了下头，睁开眼睛，原来是吴大赖。艾草使劲挣脱了吴大赖，然后握着铁铲，对准吴大赖的身子就是一下："你这个流氓，给我滚，大白天的，你想做坏事？来人啊，有贼啊——"

吴大赖让艾草的惊叫吓得落荒而逃，临逃前他回头笑嘻嘻地说："妹子，别喊，别喊，白天你怕，我晚上去你家会你，等我啊。"随着话音，他一会儿就消失在玉米地的深处，没了踪迹。

艾草整理了一下凌乱的上衣，胸口还在怦怦跳个不停。她这时候才松懈地蹲下来，呜呜地哭了起来，越哭越伤心。她使劲用铲子在地上划着还不解恨，抬起手，用铲子把面前的几颗玉米上的枝叶都打落下来。她把眼前的玉米当成了吴宇。

远处传来了学校放学的铃声，该回去做晚饭了，读小学三年级的儿子一放学就嚷着饿了要饭吃。家里虽然有婆婆，可是婆婆现在最大的事情是侍候卧病在床的公公。和所有农村的那些个老头子一样，公公生病不看医生，总是扛着，一直到病情消失，或者是越来越严重到身体扛不住了才被拉着去医院。更何况，艾草的家境并不殷实，他们都是那种只要家庭和睦，不在意钱多钱少的人家，要不是吴宇要为艾草补回结婚前的项链，又传闻家里的土地要被整体承包做大棚蔬菜，没有谁想让他出去打工，谁不知道打工的难处呢？毕竟是要看别人的脸色做事的。

艾草前脚进门，儿子后脚就跟着回来了。他一见艾草就喊："妈，饿死了，有吃的吗？"艾草急忙说："晓军啊，妈刚从地里回来，马上就给你们做饭吃啊。"吴晓军嘟囔着说："家里什么吃的都没有，就不能给我备下一些吃的吗？人家吴佳佳一回去就有吃不完的零食，还有牛奶呢。你们都是怎么当爸爸妈妈的啊？真没劲儿。"说完把书包往桌子上一扔，气呼呼地站在一边不言不语了。

奶奶从里屋走出来，手里捏着一根皱巴巴的油条，笑眯眯地望着孙子晓军说："乖孙子，别对你妈嚷嚷，你妈也累啊！来吃根油条，是早上你爷爷没有吃的。"

"我才不吃这剩下的鬼东西呢。"晓军看了看奶奶手里的油条，气呼呼地说，"家里什么都不买，爸爸在外挣钱做什么啊？人家吴佳佳的爸爸妈妈在外打工，经常带钱回来，还有好多吃的，她零用钱都用不完。我为什么什么都没有啊？连个书包也是破破烂烂的，都用两个学期了。呜呜——"晓军说着竟然哭了起来，泪水滴答地往下落着。

奶奶怔住了，艾草也愣住了。但艾草一会儿就缓过神来，走到儿子面前，啪的一巴掌，打在儿子的头上说："你什么时候学会翻嘴皮子了，还跟人家攀比了。人家是人家，你是你，你只要好好学习，大了自己有本事要什么都有的。写作业去！"

平时，儿子也会偶尔撒撒娇，哄上几句就好了，可今天，儿子却不知道咋了，被艾草一碰，竟然哇的一声大哭起来，望着艾草大声叫道：“你就知道打我，爸爸在外面都有女人了，你怎么不管他啊？菊花家的小翠没事就在我面前说我有两个妈了，真丢人，我明天不去读书了。”

艾草一愣，她再也控制不住自己了，走过去，抱着儿子也呜呜地哭了起来。奶奶从里屋跑出来，急慌慌地问：“咋了，都咋了呀？”里屋传来爷爷虚弱的探问声：“孙子咋的啦？艾草怎么也哭了，啊，都咋了呀？”

奶奶无助地摸摸晓军的头，又把手放在艾草的肩膀上轻轻地拍了拍，然后走进厨房做晚饭。晓军却喊了起来：“我不要吃奶奶做的饭，我要吃妈妈做的。”艾草只好摸摸儿子的头说：“晓军乖，听话，去写作业，妈给你做饭去，晚上我打电话喊你爸回来，给你带好吃的啊。”儿子这才停止了抽泣，打开书包，拿出作业本写了起来。

五

乡村的夜晚总是很寂静，在寂静里会乍现一两声犬吠。淡淡的月光轻纱一样铺盖于大地上，显得很朦胧。

艾草这几天总是在床上辗转反侧，无法入睡。窗外突然传来敲打声，渐渐由小变大。她听见了有人在小声地喊着：“艾草，开个门，开门啊！”

艾草的脑海里正想着吴宇的身影，想都没有想就跳下床来，拖着鞋跑去把门拉开了，一个人影顺势就把她紧紧地搂着了，她的嘴唇同时被一张嘴死死地堵住了。

艾草一惊，挣扎了一会儿才躲过了那张臭嘴巴。她生气又不敢大声呵斥，只能压低声音说："你这个癞皮狗，给我滚，谁叫你深更半夜跑来的，让我公公婆婆听见，我跳进黄河都洗不清了。快滚啊——"

吴大赖嬉皮笑脸地纠缠着，腾出一只来覆盖在艾草丰满挺立的乳房上，不停地搓揉……艾草突然生出了一股力气，伸出一只手，啪的一声扇在吴大赖的脸上，像一道闪电，划破夜色，照亮了艾草那张美丽、纯洁的脸庞。

吴大赖哎哟一声，终于放开了艾草，恶狠狠地说："真是个不开窍的蠢货，算我眼睛瞎了，没有看穿你。"然后，悄悄消失在屋外的月色里。

艾草久久地坐在床沿上，木愣着，望着外面朦胧的夜色，然后低下头，嘤嘤地哭出了声音。儿子忽然在迷糊中问："妈妈，是爸爸回来了吗？"

艾草赶紧起身，来到儿子的小床边，把落下来一大半的被褥给晓军盖好，把嘴巴凑近儿子的耳朵边，亲切地说："晓军乖，爸爸明天就会回来的，睡觉啊！"

天，不知道什么时候亮的，艾草就一惊，赶忙抬头看窗前的挂钟，六点四十三分。妈呀，要来不及了，儿子也没有醒来，会迟到的。艾草赶紧穿衣起床，心里却在纳闷：平时婆婆这时候早就在屋外来回忙碌了，今天早上怎么没有动静了呢？是下地里去了，忘了喊我一声？

当艾草来到堂屋，看见门还是从里面闩上的，心里一慌。她赶紧回头往婆婆房屋里喊：“妈——妈，你还在睡呀？”半天，才传来婆婆虚弱的声音：“艾草啊，你赶紧的，给晓军做饭。我发烧，头晕，起不来，爬几次都没有起得来——这可——怎么——好啊——哎呀。”

艾草一时不知道如何是好，两个老人竟然一下子赶到一起病倒了。现在，最该做的是给孩子做早饭。她跑进自己房间，急匆匆地揭开儿子的被子，使劲用手摇晃着儿子的头喊着：“晓军，起床了，要迟到了，快点呀。”然后风风火火地跑进厨房，打开煤气灶，倒油，从冰箱里抓出两个鸡蛋，打开，放进锅里，随着热能加大，鸡蛋和油发出吱吱的声音来。艾草还是扭头朝屋里喊着：“晓军，起来没有啊，快起来吃了上学。”一边喊，一边用双手扒拉着鸡蛋。一不小心，一滴热油飞溅到艾草的脸上，她不由得惊叫了一声“啊呀”，疼得赶忙用手去揩脸上的油，可是脸还是热辣辣地疼着，不一会儿，就有一个红红的圆点点长了出来。

晓军终于磨磨蹭蹭地走出来问：“妈妈，你怎么了，是不是又被油烫着了啊？以后不要再煎鸡蛋了，我闻到煎的鸡蛋就想吐。你给爷爷和奶奶吃吧，我不饿。”孩子说着就提起书包走出了屋门，然后快速消失在她的视野里。艾草呆愣在那里，忘了追上儿子，塞点钱给他在路上的商店买些吃的垫一下肚子。

艾草含着眼泪，又煎了几个鸡蛋，然后，把昨夜剩下来的米饭，放进锅里，加上一些开水，煮好了，盛了两碗，先端一碗，连煎鸡蛋一起送到公公的面前，轻声地喊：“爸，起来先吃点。”公公颤颤巍巍地坐起来，倚靠在床头的墙边，伸出干枯瘦弱的双手，接过艾草的稀饭，什么话也没有说，看着那一头的老伴。艾草走到婆婆面前，也轻声喊了一声：“妈，我多煎了几个鸡蛋，你也起来吃一些，垫一下，我中午早点回来做饭。”婆婆紧闭着眼，无力地说：“艾草啊，你去忙吧，那块花生地的草都把花生苗盖住了，要尽早除掉呵。我歇一歇，兴许就好了。你倒一碗水放在我床边就中了，地里那么多活儿就靠你一个人，你慢点做活，再过两天你男人就回来了，甭着急啊。”

艾草答应着，去拿了碗，提着开水瓶，进来给婆婆倒了一碗开水，搬过一把凳子放在婆婆能够得着的地方，再把装开水的碗放上去，顺便摸了一下婆婆的额头，很烫，她不禁喊了一声：“哎呀，妈，你发烧了。”她走出去，到自己的房间，翻找出两粒退烧药，送到婆婆面前，端起碗，看着老人把药喝下去，然后才从门后扛起一把锄头走出家门。她知道，还有一块黄豆地里的杂草都要高过黄豆苗了，再不及时除掉，就会影响黄豆苗的生长和秋后的收成。

农村，永远都有做不完的事情，只要你是一个勤劳的人，白天黑夜都得忙活着，直到躺床上，才安息下来。有时候，想想，又好像什么也没有忙，看不见结果，都是一些鸡毛蒜皮的小事儿，但还是不得不转悠着，像一个停不下来的陀螺，被生活的鞭子抽打着转走了一个又一个白天与夜晚。

艾草就是一个陀螺，白天忙碌在田间地头，锄草、施肥、插秧、收割、买菜、养鸡；晚上回来侍奉公婆，还有儿子的吃喝拉撒、穿衣、学习，等等。她只能不停地忙、累，但也充盈，否则，日子该怎样过下去呢。男人的音信越来越少，偶尔打回来电话，也是将就着匆忙说几句就没有了下文。没有什么不对，又似乎什么都不对！先前，夜晚总是有个盼头，回味着往日夫妻间的那些个婆婆妈妈、小打小闹、缠绵悱恻、恩恩爱爱。可是，如今她对这些都失却了兴致，成了无望，连回忆的情绪都好像没有了。有时候，艾草都不知道自己在守着什么，又在盼望着什么。日子成了一碗白开水没滋没味，一成不变，反反复复。

只有在夜深人静的时候，艾草会在心底呼喊着："吴宇啊，你哪时才能回来呢？"

六

工地上，吴宇还是做着一成不变的活计，筛沙、打浆、运送；还是过着一成不变的生活，下班、吃饭、上班、休息。如此反复，反复如此，好在身边有了疼自己的女人巧珍。

日子就像流水，两个月在天晴做活、下雨停工中就过去了。吴宇和巧珍早就搬到了一起，他们和别的那些男女一样，在工地上已经不足成为一个谈资。他们白天一块儿干活，配合默契，有说有笑，不觉得累，一天的活儿在说笑中就做到了黄昏；晚上，他们就成了夫妻，互相取暖，享受着彼此的身体。他们不知道别的工友是怎么理解和感受夜晚的，也不去管，他们自己的日子就是这样饱满而幸福的。

今天早上刚到工地，还没有开始打砂浆，巧珍就觉得自己恶心，肚子里总有一股子酸水往上冒。她忍了几次，还是忍不住了，用手捂着嘴巴跑到不远处的厕所里呕吐起来。可是，干呕了半天，什么也没有吐出来，连早上吃下去的稀饭和馒头也不愿钻出来。巧珍扶着墙，镇静了一会儿，感觉上好了一些才回到吴宇身边，继续忙手里的活儿。可是，刚割开一代水泥，闻到水泥粉的味道，她又哇的一声呕吐起来，老半天，只是呕出一些酸水。吴宇看到了就一惊，慌忙走过去，扶住巧珍问："咋了，是不是昨晚被子让我给裹去了，你没有拽回去就受凉了？要不，我去对你老表李开会说一声，给你请一天假，休息一下。"

巧珍喘息着，慌忙摆摆手说："别，别，没啥事，今天要的砂浆多，又添了两个粉墙的师傅，你一个人是忙不过来的。我忍一忍兴许就好了，明天再说吧。"吴宇没有再说什么，卖力地割开袋子，倒水泥，只让巧珍在水龙头那边放放水，收拾一下倒了水泥的空袋子。即使这样，整个上午和下午，巧珍都在不断呕吐，来回不断地往厕所跑，还是什么也没有吐出来，只是中午吃饭的时候，突然就没有了胃口，全身乏力，还直冒虚汗。

收工的时候，吴宇跑到工头李开会的身边，说了巧珍生病的事情，他也要请假，明天陪她去医院看看。李开会一听就急了，冲着吴宇发火："你小子别和我来这套，这几天工期正紧呢，找人都找不着，你还要请假。你们两个都休息了，那些大工师傅都坐在工地上看房顶唱大戏啊？不行，肯定不行的。有好几个人好说歹说要我提前放假回去过端午，我一个都没有松口呢。过了这几天再说，谁请假也不行，除非病床上，真爬不起来了我没法子可想。"

吴宇一听就火了，他提高嗓门，大声喊叫起来："你想钱想疯了不是？巧珍一天都在吐，跑了几十趟厕所，中午也没吃什么东西，她可是女人啊，还是你表嫂呢，你太狠心了吧？"李开会看着吴宇凶巴巴的模样，竟然冲着他笑了："哟，你他妈还挺仗义啊，她是我表嫂，我都没有你心疼她呢，感情你们都成一家两口子了。我可告诉你啊，就算你们是你情我愿的，巧珍家里可是有男人的，别到时候收不了场，你下不来台。算了，不和你计较，巧珍病了，让她自己去诊所看看，你明天还得干活，大不了，我调一个小工来和你搭配打砂浆，工期耽误了谁也担不起责任的。"李开会说完，头也不回地走了，任凭吴宇站在那里气得眼睛一眨一眨的。

第二天上午快到吃饭的时候，吴宇正埋头干活，巧珍急匆匆地跑过来，一把抓住吴宇的手，有些语无伦次地说："我有了——有了，可咋整呢？”吴宇一时没有会意过来：“你有啥了？不是有什么大事吧？医生怎样说的？你别急啊！”

巧珍紧抓着吴宇的手，把他拽到一边说：“我有喜了，咋整啊？我回去咋见人啊？”

吴宇的头一热，接着嗡的一声。他一直担心却又没在意的事情终于还是发生了，如何是好呢，如何是好啊？

晚上，巧珍温柔地抚摸着吴宇的头发，喃喃地说：“我们结婚吧，我回去离婚，你也回去离了，过我们自己的日子，成吗？”吴宇久久没有回音，只是叹息了一声。他想到了家里的艾草，带着孩子，侍奉着自己的父母，打理家里的几亩土地，任劳任怨，盼望着自己能早点回去。如果自己回去，就是为了离婚，那如何开这个口呢？

巧珍半天没有等到吴宇的应声，眼泪稀里哗啦流了一脸。吴宇伸出手，为巧珍揩干了泪水，幽幽地叹息了一声说：“巧珍，你是个女人，你应该晓得女人的心思。我家的艾草，是个好女人，我父母多病，孩子又小，田里地里都是她在打理。我开不了这个口啊！你有空回去一趟，探一探你男人的心思，把你怀孕的事说了，看他怎么说。如果他计较，你就回来，我带你去医院流了吧。”

巧珍听着，就嘤嘤地哭了，然后转过身，背对着吴宇，哭了半天，才转过脸来说：“你这个男人，我算看透了，好的时候，什么话都好听，事情出来了，就知道躲了。就算你不离婚，就算我家里的男人不要这个孩子，我也要的，我好不容易才有了自己的孩子。大不了，我一个人带着孩子过日子。”吴宇伸手把巧珍搂在怀里，什么话也说不出来。巧珍双肩还是一耸一耸地哭着。两个人都各自想着心事，很久才慢慢睡了。

七

工期紧迫的日子终于过去了，大面积的粉刷工程结束，剩下的就是那些扫尾零活了。家里的麦子，早些播种的都能收割了，这是每个在工地上打临时工的人心里都明了的事情。

吴宇终于决定明天回乡下去和老婆摊牌——离婚。至少要试试的，这样，才对得起面前这个伤心和爱上自己的女人。他把自己家里的电话写给了巧珍，也顺便把地址写了上去，也许，以后见不了面，还是可以通信的。在最后要离开的时候，吴宇还是毅然决然地趁她不注意的时候把自己工资的大部分都放在了巧珍的床头。此时，在吴宇的心里，相对于巧珍的怀孕，艾草的项链就没有那样的重要了，一个是面子的问题，一个却是良心的问题。

吴宇跨进家门的时候，天色还很亮，太阳还疲倦地挂在西边。屋子里，只有父亲病恹恹地倚靠在床栏上，看到吴宇回来了，脸上堆着一抹艰难的笑容。父亲告诉吴宇，母亲和艾草在东边坝子下面的旱地里割麦子。

吴宇走出家门，往坝子下面走去，一会儿，迎面碰上了放学归来的儿子晓军。吴宇蹲下身，抱起儿子，使劲地亲了一口说："儿子，想爸爸吗？"晓军被爸爸的胡子扎得咯咯直笑，他看了一会儿吴宇，就问："爸爸，你前几天晚上回来又走了吗？我那天夜里，听到妈妈在和一个男人说话，我还以为是你回来了，可是天亮时，我没有看到你啊？"吴宇的心咯噔一下，嗯嗯了两声，就对儿子说："家里有好吃的，在我包里，你自个儿回去找，我去帮你奶奶她们弄麦子。"

晓军蹦蹦跳跳地跑远了，吴宇却变得迟疑了起来，怎么对艾草开口呢？又如何问她儿子说的男人是咋回事呢？犹豫中，还是接近了自家的麦地，他看到了母亲苍白的头发在金黄的麦浪里异常打眼。旁边，就是自己再熟悉不过的艾草。女人专心地挥动镰刀，一小片麦子就倒在了地上，她圆满性感的屁股翘得很高。因为是小面积旱地，收割机是不愿开进来的，有些地方，必须要人工收割和运回自家的场子打压出麦粒。

吴宇走到母亲身后，大声地喊了一声："妈，我回来了！"母亲抬起头，惊喜的脸上展开了笑容："回来好，回来我和艾草两个就轻松了。"

艾草没有抬头，也没有言语，她依旧弯着腰、低着头，使劲挥动着镰刀，只能听见咔咔的麦秆被割断的声音。母亲冲儿子努努嘴，再看看艾草的后背。吴宇知道母亲要自己走过去，帮艾草一把。

吴宇走到艾草身边，伸手在她后背上点了一下，说："你歇一刻，我来割一会儿吧。"艾草没抬头，也没有回声，还是那样卖力地挥动手里的镰刀，仿佛没有听见身边的男人在和自己说话。

母亲这时候走过来，把手里的镰刀递给了吴宇说："你两个再割一会儿，不多了，我先回去做晚饭。"吴宇望着母亲点点头，露出一些笑，然后就弯腰忙活了起来。他慢慢朝艾草的身边移动着，当他的镰刀和艾草的镰刀终于碰在了一起的时候，他才一把从艾草手里抢过了镰刀问："咋就不理人了呢？"

艾草终于抬起了头。吴宇看到的，是艾草一脸的泪水。艾草眼睛红红的，像刚成熟的桃子，一会儿，又钻出来一滴眼泪，流到了脸上、下巴，然后落进了麦地里。

吴宇就一愣，又问："咋了，你？"

艾草眼巴巴地望着吴宇说："你还知道回来啊，还知道有家啊？外面的日子好过吧？"

吴宇听出了女人的抱怨和委屈。他直起腰，靠近艾草，伸手往她脸上揩了一下闪亮的泪花说："我没有买成你要的东西，也没有带回多少钱。"

艾草闻听，抬手拔掉吴宇的手，又抽泣起来，低下头说："你就是不回来，我都不稀奇了，何况钱什么的。我都知道了，你的事情早都传进村子里了。你都成了电视里的新闻人物了。"

吴宇脸一下子就红了，他抬头望着天空，几朵稀薄的白云，缓慢地朝西边移动着。夕阳渐渐落了下去，漫天的霞光把艾草的头发也渲染成金黄色的了。一群麻雀闪电一样钻进了不远处的林子，四周显得异常安静。

艾草就蹲下身去，捂着脸，呜呜地大哭起来。吴宇站在原地，成了一堆麦秸，就像不远处站立在麦地里的稻草人。

艾草还是在哭，呜呜的哭声渐渐地弱小了，但两个肩膀还是在不停地耸动。吴宇小心地挪过去，也蹲下身子，伸手放在艾草的肩上，轻轻地摇晃了一下，又使劲摇晃了一下，他感觉到艾草躲避着，甩了几下，就没有动了。吴宇就探出双手，把艾草搂住了。他知道，这时候说什么都是多余的，越说也只能让眼前的女人越生气和伤心。旁边，是艾草割倒的一摊麦秸，整齐地铺放着，厚厚的，散发着馒头的清香。馒头，这个熟悉又异样的景象涌现在吴宇的脑海的时候，他的手就覆盖到了艾草的胸前，他感受到了艾草怀里那一对柔美而坚挺的乳房诱人的气息。吴宇突然就把艾草扑倒在麦床上，然后剥开了艾草单薄的衣裳……

艾草先是惊慌，扭转头张望着田野的四方，好在一个人影也没有。她开始还在推让，断打着吴宇的鲁莽，渐渐地就失去了力气，全身酸软，一阵久违的渴望和快感传遍了身子。她再也动弹不了，仰望着头顶的天空，漫天的黄昏里，有几只晚归的鸟儿飞向远处的田野，一切都显得那样安宁，仿佛此时的情境就是专为艾草的需求而设置的。

狂风停了，暴雨歇了，周围安静极了。夜色包围了他们，也笼罩着整个田野。

艾草和死人一样，眼睛闭着，四肢摊开，直到吴宇扶起她的身体，帮她戴上胸罩、穿上衣服的时候，她才睁开眼睛，伸手狠狠地揪住男人的耳朵，使劲转动着手指。这样的疼痛，让吴宇哎呀哎呀地叫唤起来，艾草这才放开他的耳朵，用力一推，吴宇就仰躺在麦秸上，久久没有起身。艾草看了一眼死猪一样的男人，突然站起来，掸掉身上的麦芒，向自己家里走去。

八

端午节在骨碌骨碌的打麦声中来到了，学校也放了一天假，孩子在父母的身边跑来跑去，递送新鲜的艾蒿。吴宇从艾草的手里接过一把早晨从地里割回来的艾草，一根一根地插到门窗上的缝隙里，每插好一根，吴宇就凑近艾草的叶片闻一下，然后他就笑着问："我说，你怎么也叫艾草的啊，还记得你爸妈给你起这个名字是啥意思不？说来听听啊！"

艾草望着吴宇笑了一下说："提这些干啥，还不是姐妹们多了就随便起的呗，也可能是我在端午节前后几天出生时，正好家里有艾草进到我爸或我妈的眼睛吧？我也没有特意问过他们的，只是知道，在农村过端午的时候，每家都从地里采回来艾草晾干。小时候，肚子疼了，我妈就把干巴的艾蒿搓成一团，用水服用，能止疼的。"

吴宇的父亲大病初愈，精神焕发地走了过来，望着儿子和媳妇，笑呵呵地摸着孙子晓军的头说："你们还不知道这些吧？我小的时候，爷爷是个秀才，他对我说的可详尽了。端午这天的艾蒿要在太阳出来前采回来，把整棵的艾蒿插在门上，可以避邪，挡住妖魔鬼怪进来，保佑人们平安健康。”爷爷接着说，“传说东汉末年，皇帝昏庸无道，弄得民不聊生，官逼民反。那年黄巾起义爆发，张角要去攻打朝廷的城池，一切都部署好以后对大家说：‘这是我们第一次攻城，还有一段路程，得派骑快马的人前去看看。一会儿，骑快马的人就回来了，说前面是逃难的老百姓，张角听完说：‘告示已经贴出去挺长时间了，为什么他们不躲呢？唉——这就不能怪我了。’他想到这儿，拔出刀就过来了。走在难民队伍最前面的是个妇女，三十多岁，衣衫都破了，走路也歪歪倒倒的，右手抱着一个大一点孩子，左手领着一个小一点的孩子。张角看着奇怪，就过来想问问，这女的看着张角来了，吓得急忙跪下说：‘大人饶命，我是那边村子的人，近几年打仗，又得知义军要路过，所以才逃难到这里，不是没有看到告示，是因为身上的粮食有限才走这条路。我死了没什么，可怜这两个孩子……’说着话就哭了。张角听到这心里也不太好受，说：‘你起来说话，你为什么抱着大一点的孩子，而领着一个小一点的孩子呀？’这妇女说：‘哦，大人您有所不知，这大一点的孩子是我嫂子家的，这个小一点的是我自己的，因为打仗，哥哥、嫂子和我的丈夫已经不在了，所以我带着这孩子一起逃难，嫂子和哥哥在世的时候对我不薄，我才抱着嫂子家的孩子，让我自己的孩子走路。’张角说：‘天底下居然还有这么好的人，我杀了你岂不成罪人了吗？’他一摆手说：‘你走吧！’妇人跪倒谢恩，起来以后没走。张角说，‘你怎么不走啊？我都说不杀你了，一定做到！’妇人说：‘您是不杀我了，可您手下不认识我，以后我不还得死吗？’张角说：‘也是啊，这怎么办呢？’他低头这么一想。哎，有了！他伸手摘了一棵艾蒿说：‘以后不管在哪住下，你把这艾蒿插到门上就没事了，我会告诉手下人的。’妇人听了千恩万谢，然后又说：‘民女还有一事请大人答应！’‘说吧！’张角答应了。妇人说：‘后面这些人都是和我一个村的，他们都是本分的种地人，请大人放过他们！’张角说：‘走吧！’

“这女的走了以后，就把这事告诉身边的人了。大家一传十，十传百，端午节采艾蒿也就流传到今天。”

平时很少言语的爷爷，这个时候好像是个很有文化的先生了，一家人都聚精会神地听。奶奶笑呵呵地走过来说：“你这个老不死的呀，这么多年也不见你有今天说的话多哪。”

艾草和吴宇听了母亲的话，也都望着父亲笑了。

门外忽然有个孩子的声音说：“看，这个就是他家，他家的吴晓军和我还是同班同学呢。”

晓军听见了吴佳佳的声音，跑出来看，有一个和妈妈年龄差不多大的婶婶站在了院门口，正朝家里张望着。他就问同学吴佳佳：“你们找谁啊？”吴佳佳用手指了一下身边的女人说：“是从外地来找你爸爸的，嘿嘿。”说完就跑了。

吴宇和艾草闻声就走出来了。艾草看到，门外出现的是一个干净的、扎着一个马尾的、三十一二岁的女人。这是一个从来没有见过的陌生面孔，艾草心里生出好奇来。可是，吴宇一看，眼睛睁得老大，惊讶地叫出了声音：“巧珍，你怎么跑来了？”

九

那天上午，巧珍眼睁睁地望着吴宇漫不经心地收拾着自己所有的换洗衣物，心里突然生出一阵伤痛。这个男人要走了，也许是永远地离开，不再相见。虽然，吴宇信誓旦旦，回去就和他老婆离婚，然后和自己组成一个家庭。说说是简单的，想象也是容易的，可是，离婚和结婚一样，要牵扯到方方面面，甚至真的是几个家庭的命运的改变。特别是农村，更何况他们的家乡都是属于传统而又保守的，不似如今的城里人，今天结婚，明天就可以拿出结婚证去把婚离了。中国的离婚率节节飙升，不是农村，而是城市里那些吃饱了无事可做的人不断刷新的结果。

巧珍看着吴宇慢慢消失在自己的眼前，泪水不由自主地流了出来。当她收拾自己的衣物，发现了床头那一沓厚厚的钞票时，她的泪水再次喷涌而出。她默默地数了一遍，整整三千元，是他工资的一大半，这些钱留给自己，也就是给他自己找到了借口和退路，甚至是良心的安慰！她知道，吴宇出来干活的意愿，就是要给她的女人买一条项链的，如今给了自己这么多钱，他回去怎么交代呢？他们会吵架吗？会打架吗？虽然这些在农村已经不是稀奇的事，可这毕竟是因为自己引起的矛盾啊!

巧珍把吴宇的钱单独包扎起来，还从自己的工资里移来八百块钱放在一起。如果等不来吴宇，她要用这笔钱做一件让自己安心的事情。

吴宇走了几天后，巧珍也收拾了几件换洗衣服回家了。回家的第一天晚上，巧珍就竹筒倒豆子一样，把自己怀孕的事对残废的男人和盘端出来。自然少不了一番赌气、争吵、打闹。巧珍对男人说:“你可以不接受我和孩子，我会自己养着，就是出去做个要饭的、睡桥洞也会要这个孩子，我不能永远做一个没有孩子的女人，我不甘心。是你自己没有用，怨不得我，你看着办吧。”

巧珍看着自己的男人慢慢由一头疯狗变成了一摊烂肉，久久地淤积在床上没有发出一点声音来。他终于接受了这个不现实的现实、不公平的公平、不人道的人道、不情愿的情愿！巧珍露出一抹淡淡的笑容，可是她的心里却如刀割一样地疼痛，说不出的那种滋味，为吴宇，为眼前的男人，还是为自己？千头万绪，心乱如麻。她感到自己肚子里一颤，一阵微微的蠕动传上心头，她知道，孩子在提醒自己，要保重身体，自己的身体已经不属于她一个人了，承载着两条生命哪。

巧珍坐车来到自己做活的城市，转悠了半天，才转到了城市繁华的中心，进到一个大商城，找到了卖金银首饰的柜台，然后在服务员的引导和介绍下，终于买了一条中等价格的金项链，价格是 3888 元。这是一个吉祥的数字，也是一个圆满的数字。她来到长途汽车站，买了往返的车票，然后又来到公用电话旁边，掏出吴宇走时留给她的电话，她想提前告诉吴宇自己来他家了。可是转念一想，还是放下了电话，她想给他一个突然袭击，也想看看他有什么反应。这样决定之后，她就安静地坐在候车室里，一手拿着车票，一手温柔地抚摸着隆起的小腹等待检票的时间。

这是一个普通的小镇，和自己居住的镇子没有多少差别，她询问了一个卖水果的老板娘自己要去的那个村子有多远，然后就租了一辆车，来到了吴宇居住的村庄。刚下车，就看到一个小女孩，她问了吴宇家的方向，小女孩竟然愿意领她找到了自己想看到的屋子和人。

巧珍，终于看到了艾草。在她的眼里，艾草是那么干净、和气、温顺的一个女人。直到她听见吴宇惊讶地喊出自己的名字时，艾草才顺手握着一把镰刀，身体擦过巧珍的时候，她吐出了一句“真贱！”然后急匆匆地跑远了。她以为，这个女人一定会暴跳如雷，会冲上来给自己一个嘴巴，或者撕扯自己的头发，骂出那些不要脸、狐狸精，等等；她以为，吴宇会走上来关心自己，至少会问问自己怎么找到这里的，路上辛苦不辛苦，饿了没有，喝水不；或者，吴宇会发火，骂她不该跑来找麻烦。可是，吴宇只是狠狠地瞪了她一眼，那眼中全是厌恶和冷漠，与在工地上时的热情和温柔判若两人。他头也不回地向艾草跑去的方向追了上去，没有丝毫的犹豫，也没有一点儿留恋。巧珍终于明白了，这个男人不会属于自己，他属于这个家，属于刚刚流着眼泪冲出去的女人。

巧珍转过身来，进入屋子，打量了几眼这个平常的、不算殷实却很整洁的家。两个老人、一个孩子，像电影里遇到鬼子的老乡那样看着自己。她慢慢从背上的包裹里取出一个红色的盒子，走到孩子的面前，缓缓蹲下身子，对着晓军说："乖孩子，这是你爸爸为你妈妈买的项链，他回来时走得急，忘在了床上，回来交给你妈妈吧。你就说，阿姨说的，她只是来送这个东西的。"

巧珍默默地走了，没有回头，只是眼泪不争气地一个劲往外流。眼前的路面变得模糊不清、高低不平，最后，巧珍的身影渐渐消失在田野的小路尽头。

十

吴宇追上艾草的时候，艾草蹲在堤坝的一片蒿草上，她双手抚摸着眼前的一棵就要枯萎的艾草，泪流满面，嘴里喃喃自语："艾草，我真的和你一样，只有这几天被人重视和需要，人老珠黄后就被人忘记了，我们的命真苦啊！可是你还有明年的端午，我呢，我的明年会成什么样子？"

吴宇走上去，蹲下身子，一把攥住艾草的手，红着脸，目光小心翼翼地看着艾草说："艾草，明年的明年，你永远是我的艾草！我不会离开你的！"

"看你说谎都不脸红！"艾草恨恨地看着吴宇，冷笑着，

“呵呵，都把人家肚子搞大，找上门来了，你还有脸说这些，以为我还会相信你吗？”吴宇痛苦地摇着头，忽然扑通一下干脆跪在艾草身边泪流满面地说：“艾草，好艾草，别闹了，我错了，以后再也不敢了，你看我这不是向着你吗？人家从老远的地方找来，我也不是没有搭理她，跑来追你了吗？给我一个改错的机会，好吗？”艾草是个善良心软的女人，看吴宇真心悔过，她泪眼婆娑地问：“人家可是带着肚子来的，如果我能原谅你，你打算怎么办？”吴宇说：“你放心，我会处理好的。今天是端午，人家跑来，我们就当面把话说清楚。其实，在工地上，这样的事情不是一个两个，你情我愿，彼此只是混混日子，哪个也别想讹谁！”吴宇说完，站了起来。

然而，吴宇的话并没有让艾草激动，她继续默默流着眼泪，说不出什么，也不想说什么。她看到找上门的女人，是那样小心翼翼又可怜巴巴，一点不像是传说中的狐狸精，更不像那种世俗的泼妇，而是一个跟自己一样的地地道道的农村妇女。这让原本想用世上最恶毒话语来辱骂这个女人的艾草一句话也记不得了，艾草只想跑开，一眼也不愿再看到这个女人。

艾草还是不说话，吴宇央求道：“好艾草，我们回去吧，我会和她说清楚的，无非我们再赔她一些钱吧。你看呢？总不能把她晾在家门口，也不是个事啊。”

艾草用手揩着不停流出来的泪水，咬紧嘴唇一语不发。这让吴宇痛苦万分，他突然爆发了：“咋的，你得理不饶人了？

是，我错了，可你在家，不也有了男人了吗？我还没有问你呢，你把男人都招惹进家里了，三更半夜的，孩子都吵醒了。你倒说说，是哪个呀？如果你不原谅我，那就离婚吧，我们都各自走人好了！”

啪——，吴宇话音刚落，脸上重重挨了一巴掌。这是善良温顺的艾草愤怒的回击。可怜多少个日日夜夜的孤独守望啊，竟然只换来吴宇的背叛和对自己忠贞的怀疑。艾草伤心欲绝，哭叫着："我偷男人了，是吧？好，我告诉你，就是前庄的泼皮吴大赖，他都找了我好几回，要我跟他凑合在一起过日子了，那天晚上就是他把你的事情全说给我知道的！现在你知道了，满意了吧？你要离婚，就是要我和他这样的泼皮无赖过吗？好啊，我们离吧，反正你早就有这个心了，怎么不一回来就提出来呢？省得人家找上门来，真是丢人啊！”

吴宇捂着脸，顿时惊讶得说不出话来。如果是别人，他还会恼火，甚至还手打她几下泄气，可是，谁不知道泼皮吴大赖呢，他从来就是村里一个游手好闲、拈花惹草的货色，往日自己在家的时候，对艾草就有贼心了，到现在，还不是因为自己出门了才让他钻了空子。吴宇拔腿就朝村前跑，艾草一看，随着就追上去，一把拉住他的胳膊哭喊着："你想做啥，还嫌不够丢人吗？他没有得逞，两次都被我遮挡了回去，你真以为我会和那个泼皮有什么勾当吗？你真不是人啊你，枉费我守在家里盼望你的这些日子了！”

吴宇停下向前奔走的脚步，终于安静了下来，他蹲下来，也呜呜地号哭起来。很久，艾草用手拉了一下男人：“回吧，看看再说，尽量把事情化小。”

回来的路上，他们碰到了迎面而来的晓军。他看到妈妈眼睛红红的，爸爸眼睛也红红的，就问：“你们怎么了，眼睛被风吹肿了吗？”说着，他举起手来说，“这是那个阿姨留下来的，她说是爸爸给你买的，回来走急了，忘在床上了，她是专门来送这个东西的。”

艾草接过儿子的盒子，急慌慌地打开来，里面是一条金灿灿的项链，还有一张小字条。她把字条展开只看了一眼就递给了吴宇。吴宇看到了一行字：“我一切都办妥当了，不要担心我，你们好好过日子！”

艾草和吴宇，这才把目光一起投向村庄外的路上。此时，路上没有一个人影，人们都在家里准备着过一个殷实又平常的端午节。

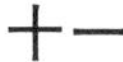

十一

端午节后的第三天，队长吴情水领着几个人挨家挨户地来签字，说是乡里的政策，由于招商引资，各家的土地都暂时被承包出去，暂时预定为500元每亩一年。这里将要重新整理，做乡里蔬菜大棚的示范点。麦子收割完了，不许秋种，不愿意也不行，大多数人家都出去了，荒芜了很多土地，可惜了。

爷爷听见了，破口大骂：“什么狗屁招商引资，我们以后怎么过日子，那几百块钱管个屁用啊？如今什么不在涨价啊，这点钱连买个口粮都不够，往后我们的生活咋整啊？不行，土地不能出租，别人我不管，我家一分地也不出租。你们去别的家里租用吧，我不签字，除非把我这把老骨头敲碎了再说。”艾草和吴宇也气冲冲地走进里屋，不理睬队长，把他们晾在一边。

可是，一连几天，队长都带着人来，而且把别的人家签过名字的合同亮在桌子上，反复劝说：“就是不同意也不行，只是拖延时间罢了。这是改革的大潮，一个人两个人是翻不了船的。如果你家真的顽固不化，我们也没有办法，那就在一个角落里划出你一家人的土地，至于引水灌溉一类的事情，你们就自己解决吧。到时候可别怨我们做领导的没有提醒你们。”明摆着的刁难，强制性的租用，加上几个平时明理又善意的亲戚来劝说：“要顺大流，支持政府的政策，响应国家的号召。”几次软磨硬泡，一家人知道胳膊扭不过大腿，这才不得不在合同上签下了自己的名字。土地最终还是被承包了出去，租期三年，期满之后，如果愿意，继续签约租用。

先是油菜打完了，所有的麦子也都进仓了，土地一下子空旷了起来，显得那样瘦弱。推土机突突地开进来了，原本高低不平的田地一下子变得整齐平实了起来，而那些个还没有被完全掩盖的麦秸和蒿草醒目地裸露在翻新的泥土之上，就像一片硝烟弥漫过后的战场，满目疮痍。

为了来年的口粮，为了孩子的学杂费和穿衣，为了往后的生活能继续下去，和村里大多数农民一样，吴宇和艾草，收拾起自己的衣物，背起行李，搂一搂恋恋不舍的孩子，握一握年迈的老人干巴的手，然后默默走出了自己的家门。村边的路口，有几个也在今天出门打工的相邻在此等车。

当车子装载着村里仅有的几个剩余劳力慢慢驶离村子的时候，艾草的眼睛里已经满含着就要流出来的眼泪。她抬手狠狠地用衣袖擦拭了一下眼睛，专注地凝望着自家的屋子越来越远，渐渐变小。一阵风刮过，卷起屋檐上那些早已风干的艾叶，就像燕子又似蝙蝠一样在天空里飞舞。

香草的土地

土地是人类最后的家。

——题记

一

香草抱着刚会走路的儿子，气喘吁吁地赶往村头的国道。昨晚才听说的事情，今天真的成为现实——唯一能吐露心里话的好姐妹，也就是艾草要和男人一起出去打工了。

香草远远地就看到路边站了五六个等车的人，这里是一个长途汽车临时停靠站，远出和回来的人都会在这里聚集或分散。

艾草也看到了满脸汗水的香草，赶紧撂下手里的包裹，跑步迎上去，伸出双手把孩子抱过来，眼里已经泪光莹莹。

香草顺手就掐了一把艾草："鬼丫头，偷偷摸摸地走了也不说一声，怕我抢了你的鬼男人啊？害得我昨晚一夜都没睡好！早知道你今天走，我们昨晚好好唠嗑一夜也好的哇！"

艾草别过脸去，想是怕香草看到她眼里就要流出来的眼泪。吴宇这时候走过来，和香草打了声招呼说："香草妹子，你别怨艾草了，她昨晚是要去你那里说一声的，是我拦住她没去，我家晓军也舍不得，总不能让他一个人睡吧！以后有空，还麻烦你多来家里看看我家晓军，他需要什么，你先帮着买一下，回来我们一定感谢你，当然你垫付的钱也会一分不少地还你哈！”

香草甩脸白了吴宇一眼，凶巴巴地说：“少和我说些混账话，晓军是我干儿子，我就是她娘，要什么我就该买什么，还用着你来嚼舌根子吗？到了外面，你把我艾草姐照顾好就是对我最好的回报了！你可要记住，如果艾草回来，让我知道你在外面不待见她，小心我踢烂了你的裤裆。”吴宇被香草抢白得哑口无言，一时只能转过脸去，望着车子要来的方向。

艾草适时地用胳膊拐了一下香草的腰肢，她们相视一笑，许多话就在笑容里完成了。香草从艾草手里接过儿子，放低声音说：“姐啊，到外面事事小心着点，别放纵着姐夫，男人都是喜欢偷吃荤腥的猫，别又整出个姐姐，三个人一起回来过年啊！”艾草抬手狠狠地揪了一把香草说：“你个死丫头，又来恶心我了！狗嘴里吐不出来象牙！我们还不是被逼着出去的嘛。孩子还小，土地又被承包了，父母年纪又大了，搁哪个也放心不下啊。再说，让吴宇一个出去挣钱，哪能养活我们一大家子哇，正好那边厂子里缺人手，我们可以一起去有个照应嘛。再说，那点儿土地承包费用够个啥呢！唉，不像你，你家的土地还有一大半没让人承包去，还可以安安心心在家守着土地过日子啊！鬼才愿意出去过大雁那样的日子呢！”正说着，从远处的半天空，飞过来一阵大雁，它们一会儿排成一个“一”字，一会儿排成一个“人”字向南方飞去。

二

香草送走艾草夫妇回来，心里突然空落落的，三个好姐妹就这样纷纷离去了。先是兰草，从乡里中学调入县城高中去教书，走得也是火烧火燎的，连给彼此一个告别的仪式都没有。原以为还有艾草在身边，有个心思、有个难事可以商量商量的，谁料到艾草也像蒲公英一样被风一吹，这么快就飞走了！还有最小的青草，原先是最能说得来的闺蜜，就是因为男人跟她男朋友一起包工程，因为人手不够，自己爬上高空摔了下来，成了废人。因为赔偿金，两个闺蜜最后反目成仇。

香草的伤心和艰难，艾草是知道的。虽说她家的土地没有完全被承包了去，不就是因为远离水源，面积过小吗？可是那么一点土地能起什么作用呢？三亩六分是夫妻两个当初分家所得的应有承包土地，旱地多，二亩七分旱地；水田少，一亩九分水田。每一年的水稻收成仅仅够填饱一家三口人的肚皮，也就是最基本的口粮。旱地种植的花生，用来榨油，玉米用来喂养猪和鸡，棉花用来做几床被褥。赶上风调雨顺的年景，也还能凑合着过一年。可是，那些个额外的花销，比如盐、酱、醋、茶，就买起来比较艰难。更叫人头疼的是七大姑八大姨家、村邻街坊间的红白喜事需要开销的人情往来的份子钱，这是必不可少的面子工程，只要活着就要面对。别人家呢，还有男人闲散时节出去挣点外快，多少还可以补贴家里渡过难关，将就着也能维持最节简的生活。可是老天爷啊！我香草怎么就这样命苦呢？男人去年出门刚干几天活儿，咋就从半天空的脚手架上摔下来，腰椎摔断了，双腿也粉碎性骨折，基本上是废人一个。虽然工地上赔了一笔不多也不少的钱回来，可往后的生活长着呢，孩子幼小，长辈年迈，这些都是香草眼前迈不过的坎！

屋漏偏逢连阴雨，今年的秋雨是一场接着一场地下，把人的心里都淋出麦芽来了，该要收割稻子却没有办法下地，早一点成熟的花生，因为地太烂不能采收，棉花又比往年迟开花很多天。原以为这样的天气过个几天会好转，哪承想滴滴答答，淅淅沥沥，飘飘洒洒个没完没了！

香草从晚上的电视上看到了地震新闻的画面。真的是惨！用惨不忍睹来形容一点都不过。老人、孩子、青年，一具又一具遗体从废墟里扒拉出来，面目全非。哭声和风雨声夹杂着，整个世界都是阴暗的。

香草还是第一次面对这样的灾难场景，只觉得胸口发闷，鼻子发酸，眼睛模糊，泪水一滴跟着一滴落下来。虽说那些个人和自己都不认得，一点关系也拉扯不上，可是自己的心怎么会疼呢？

身边传来男人的哽咽声，然后是压抑的哀求：“香草，把电视关了吧，我的心堵得慌！老天造孽啊！该死的不死，不该死的，竟死了这么多啊！人真的没有啥活头，这么多人，说没就没了！”

香草也真的看不下去了，就揩了一把脸上的眼泪，走过去把电视关了。她突然想起来，艾草不就是在地震的那个省打工吗？她赶紧拿出手机给艾草打电话。

艾草的电话一直没人接听，香草的心就咚咚地跳起来。再打几次，还是无人接听，再打就关机了！香草刚刚干了的眼睛又开始流出泪水。艾草不会有事吧？以前给她打电话，一打就通了，即使艾草在上班，也会偷偷地接了说上一声“上班呢，等会儿回给你啊！”

直到下午五点多钟，香草才终于接到了艾草平安无事的电话！

一场虚惊，香草还是觉得轻松不起来，说不出缘由，总是感到会有什么意外发生！

日子总是要过下去的，香草安慰着自己，只要一家人平安无事，慢慢过下去，就像昨天在雨后的路边看到的一只蜗牛那样，虽然行动缓慢，但是总有一个前进的方向。谁能说，蜗牛的理想不是一种生存之道呢？香草想着蜗牛在雨里的泥土中艰难地蠕动着爬向前方，心里就轻松了许多。

三

夜晚，平静地降临到乡村，寂静中，有几声猫头鹰的鸣叫。

香草安顿好孩子，走到自己的床边，脱去外衣，坐在男人的身边。她想给男人洗一洗身子，可是她看到男人背朝外，肩膀在抖动着。

男人在哭。

香草措手不及。

男人还在哭。

香草久久地呆坐着。

呆愣中，香草的手被男人握住了，随后听见男人的声音："香草，你在想啥啊？睡吧，家里这么多事，里里外外都是你，孩子又小，加上我这个累赘，日子咋过啊？真难为你了！哪天我要是有个什么闪失，你要带好孩子，找个好人家好好过下去啊！"

香草原本是心里想着明天还要去镇上买把镰刀，顺便也买点肉给男人补补身子。听到男人这样丧气的话，气就不打一处来了。

"你还是个男人不？整天歪在床上胡思乱想的，你就不能让我消停些吗？还嫌我不够烦？你能有什么闪失呢？在床上躺着，还怕摔死了不成？"

香草一口气像倒豆子一样把心里的郁闷都吐出来，这才突然觉得自己也过分了。怎么这样对待男人啊，是不是自己真的有嫌弃的心思了呢？她赶紧站起来，打来热水，把毛巾上的水拧干，脸色也缓和了起来，伸手把男人的上衣掀开，轻柔地给他擦着身体。

男人什么话也没说了，眼睛紧闭着，像是很受用香草的照顾。当香草给他洗脸的时候，看到男人脸上正有两行泪水蚯蚓一样蠕动着，一会儿就从眼角滴到了床单上。

香草的手停顿了一下，还是给男人把脸轻轻地擦了擦，然后把他双手也捏着仔细地擦干净了。指甲很长了，香草又拿来剪刀，帮他把指甲修理整齐。

香草忙好了男人，准备自己洗脸刷牙，男人说话了："香草，你把我平时赶集穿的衣服给我穿上，省得你明早上还要给我穿。我睡不着，想靠着墙坐坐，怕夜里起来，这样就不用你再给我穿衣服了。"

香草听着，也没多加寻思，就走到衣柜门口，打开来，翻出男人以前出门才穿的衣服，给他穿好。男人说："把梳子拿给我，我头有点痒。你去带孩子睡吧，我没事了。"

瞌睡是疲倦最好的朋友，香草在一天的劳累中很快就打起了微弱的鼾声，夜里连个梦都没有做就听见了窗外麻雀叽叽喳喳的叫声。

孩子睡得正香，男人也没有一点儿动静，香草轻轻地走出屋子，拿了一把锄头，脸贴在婆婆的窗口说："妈，我先去把菜地整一下，你起来就煮点稀饭，再烙一张饼啊。"

地里的草又长高了一节，草和人一样，有滋润就会活得很好！香草有时候觉得，这些个草就是自己的姐妹，当她用锄头轻轻地铲除，看到草叶上的露珠一下子掉落在地上，觉得草在哭了，它一定很疼，可是草毕竟会妨碍庄稼的生长、成熟和收成。

香草正想着，听见远远的有喊她的声音，仔细听，是婆婆的喊叫：“香草啊，回来，快回来！”接着竟然是悲恸的哭声。香草心里一惊，突然就知道出事了，是男人出事了，昨晚的一些话语，一些要求，自己怎么就没往多处想呢？晚上还穿什么出门的衣服？哎呀，该死的……不知是骂自己，还是骂那个多事的男人！

男人直挺挺地，已经被抬在地上，脸上蒙着一张黄色的纸钱，衣服还是昨夜穿好的新衣服。男人的决绝让香草的心一阵紧跟着一阵疼痛，泪水就哗哗地滴落下来，哭声却怎么也发不出来。

香草不是那种善于表达和造作的女人，除了泪水像秋雨一样从脸上不断地滴落下来，只会默默地做着已经力所能及的事，那就是收拾东西——男人不再需要的物什。其他的事，自然有邻居们帮忙，包括去买菜、请厨师、租冰棺、通知殡仪馆、报丧、买孝布。乡村的生老病死是大事，不用你多操心，即使是一个没亲人的五保户过世了，场面也不会过于清冷。

香草的悲伤是简约的，仿佛事情原本就会发生，该来的会来，该去的会去，就像土地里生长的那些个草儿总会由绿到黄！屋里的悲声似乎只有婆婆，呼天抢地，念念叨叨着是自己害了儿子，也是儿子骗了自己，每次都是儿子要自己去药店买点安眠药回来，说夜里睡不着，又怕吵醒香草，哪承想他是用这些药把自己送上路啊……连绵不绝的陈述就如秋风萧瑟在屋子里；公公偏头痛，还是在极力节哀顺变，接送吊唁的亲邻，空隙的时候，站在老伴儿身后落几点泪水，甚至不敢直面地上无声无息的儿子。白发人送黑发人的悲痛欲绝，在内心深处是旁人无法感知的，和当初孩子的降临喜悦一样旁人是无法体味的。

像一阵风，更似一场秋雨，男人就在家里消失了。一个人的存在就是如此，他甚至不如一棵树，不如屋子里的那张供桌，或者厨房里的一只碗，如果没有岁月的消磨，它们的存在都会比人的生命悠长和恒久。

四

一座新坟，在自家的土地上隆起，虽然村里有了公墓，要求火化，可是村民们多数还是在自己家的土地上打个坑，觉得这样才是给亲人最好的归宿。香草总会在收工的时候，绕道路过男人的坟旁站一会儿，什么都可以想，也什么都可以不想，看到有嫩嫩的草叶在坟头上长出来，就随手拔掉，就像男人又长出来的胡须需要刮去一样。

艾草的回归，让香草突然找到了哭诉的借口，她们烧着纸钱，心也跟着灼热和疼痛起来。香草先是流泪，接着抽噎，跟着嘤嘤淙淙，最后就成了排山倒海势的号啕大哭，所有的痛、苦、幽怨、憋屈、不甘、无奈，都暴雨一样霎时间淋湿了艾草的全身！艾草也哭了，双手抱着香草的肩膀，没有劝说，也没有安慰！她知道，一个人的天空，如果少了阳光，很快会长霉，很快会杂草丛生！两个女人，一堆坟茔，在夕阳下成了图画里的风景！

远远的，一位苍老的大妈，双手挥舞着，断断续续地呼喊着:“香草，香草啊，快去河边，河边，河边……”

香草的哭声猛然刹住了，就像天空中的雷滚过一样咔嚓一声就消失了，她知道，婆婆又带着孩子去盥洗衣服了！多少次，嘱咐过孩子不要跟奶奶去河边，提醒过婆婆，不要带孩子去河边。

河边，已经聚集了老老少少，指手画脚的老人、跑上跑下的孩子。河水静静地向东流去，捣衣石上，婆婆的衣服还在，棒槌还在，只是婆婆和儿子不在了！从前听说的事情，以前发生的事故是别人家的，今天摊到自己的身上，香草一纵身就往河里跳，艾草一把抱住了她:“香草！香草！香草……”香草的嘴巴里喊的是儿子:“兵——子，兵——子，兵子——妈妈来陪你了……”

老人和孩子都围拢过来，挡住了香草，香草挥舞着双手，乱踢着两只脚，头发散落下来像冬天枯萎的稻草。有老人哭着劝说:“香草啊，人冲走了，不在这里了，往下水去，有可能会在哪个地方浮上来。你跳进去还不是会在远处浮出来啊……”

香草就疯了一样顺着河流往下跑，艾草也跟着跑，有几个孩子也在后面跑，还有几个稍微利索些的老人也跟着向下游跑。跑着跑着，香草咕咚一声就摔倒了，没有哭声，也没有喊叫声！

艾草抱着香草，大声喊，后面跟上来的老人也跟着喊，掐人中、捏虎口。有几个孩子围着喊婶婶、婶婶，接着就是哭声，哭声震天，淹没了河水流淌的声音。

醒过来的香草一挺身，挣脱所有人，发疯似的往河流的下水方向狂奔。她不再哭喊，只想和东去的河水赛跑，追上儿子和婆婆，然后张开双臂拥抱她们，再也不要分开！

世界上最远的距离不是路，而是人心的距离；人世间最近的距离不是一眼看穿，而是明明近在咫尺，却不能再相见。在度过漫漫长夜之后，曙光中终于找到了儿子和婆婆。奶奶的一只手，还紧紧地抓着孙子的小手，兵兵的小手也紧紧地缠绕在奶奶的脖子上。只是因为腹部鼓胀，让他们心胸分离。

香草目光呆滞，发不出一点声响。她紧紧盯着儿子和婆婆，偶尔移动了一下目光，瞪一眼默默流淌的河流，陡然眼睛一翻，再次直挺挺地倒在地上，人事不省。

院子里停放着两口大小不一的棺木，没有哭声，这是村里有史以来最安静的一场丧事。

香草没了哭声、没了泪水，双眼呆滞地盯着短小的棺木，很久才呢喃出一句："兵儿乖，好好睡，妈妈不吵你，明天起来妈带你上街买油条……"

送葬的队伍不长，没有鞭炮，也没有唢呐，连哭声都没有，无声无息的世界，开始飘起小雨来。

艾草牵扯着机械挪动着腿的香草，一步一步地跟着抬棺木的人，只有天空偶尔飘荡着黄色的纸钱落叶一样铺满了行走的路面!

最后一铲土结束的时候，天空中炸雷一样爆发出香草和艾草的号叫声，秋雨飘洒得像夏天的中雨一样，一会儿就把衣服淋湿了！三座坟头，两个女人，哭叫声在夜色里延续……

五

经过艾草的苦苦哀求和软磨硬泡，香草终于点头答应跟着艾草离开这片伤心之地，去深圳打工。

对于没有出过远门的香草来说，深圳就是天的尽头。无论是摩天大楼上夜晚闪烁的霓虹灯，还是广场上欢畅的拉丁舞，对于没有出过远门的香草来说都是陌生又遥远的。她不明白，好好的楼房上要装上那么多的灯，要浪费多少电；她更不明白，城里的人，吃饱了撑的还是闲得无聊，发疯一样在广场上转来跳去的夜不归宿，家里的孩子和老人要不要照顾?

艾草告诉香草，这里是深圳一个最大的工业聚集地，叫大鹏区。深圳大鹏新区是深圳的“文化之根”，这里有许多典型的非物质文化遗产，截至 2013 年，有各级历史文物 67 处。鹏城社区是深圳唯一的国家级历史文化名村。咸头岭遗址名列“2006 年中国考古十大发现”第二位，距今 7000 年。舞草龙、渔民娶亲等民风民俗被列入广东省非物质文化遗产名录。北撤纪念亭、东纵革命司令部旧址等历史文化遗迹保存完好，已成为省市爱国主义教育基地和省级文物保护单位。

艾草说，大鹏新区有深圳大鹏半岛国家地质公园、龙岩古寺、赖恩爵将军第、刘起龙将军墓、福田世居、长安世居、坝光村等景点。

香草多数是在艾草的絮絮叨叨声里睡着了，然后在梦里喊着儿子的小名，突然哭醒了，睁开眼看到的是陌生的集体宿舍、陌生的工友，连窗外的月色都是清冷和陌生的。

六

香草的工作就是坐，两只手不停地往印着蓝色图案的板子上的小孔上插着电子零件，一坐就是一上午，除了上卫生间，就是坐，有时候腰都坐酸了疼了也要坐下去，只有中午开饭的时候，才能休息一个小时，然后还是坐，屁股底下是冰冷的凳子。好不容易坐到五点半下班，班长一声大喊，晚上加班，不许请假。匆匆吃了晚饭又坐在凳子上，两只手不停地忙活着，有点像在家里插秧。老家插秧不是坐着，半蹲半站不停地后退，累了可以直起腰来站一会儿，可以看看远处的玉米和大豆在微风中摇曳着，还可以抬头看看天空朵朵白云静静地飘浮着，不仔细看，发现不了它们还在移动！

香草又闻到了玉米、大豆的清香。要是在家里，干完土地里的农活，回去的时候，绕道自己家的玉米地，掰了三五个鲜嫩的玉米棒回去放在饭锅里蒸好，孩子回来就可以啃着玉米香甜地吃着，满嘴巴黄澄澄的玉米粒像金子一样；或者到自家的菜地拔几棵饱满的大豆，回去一边看着电视，一边剥着大豆，够上一碗了，打三五个鸡蛋，掺和着大豆炒出来，再放上一两个红辣椒，青是青、红是红、黄是黄，端上桌子，冒着热气，一家人围在一起，你给我夹一颗大豆，我给你夹一块鸡蛋，看着彼此的脸上微微一笑，生活的滋味就在心里酿成了幸福！

香草想着，眼看着碗里的大白菜粉丝，还有没熟透的西红柿上裹着一点鸡蛋，几百人的大锅饭没滋没味，千篇一律，日复一日。

香草夜里开始失眠，翻来覆去的，把宿舍的高低床翻压得吱呀响。姐妹们开始还笑话她是不是想家了，想男人了，后来就不乐意地抱怨起来："不让人睡了啊，明天还要上班呢！"香草只好强忍着不动，眼睛死死盯着房顶，灯关了，什么也看不到，渐渐地，眼前就出现了儿子可爱的笑脸！香草伸出手去抚摸着，碰到的却是冰冷的墙面！不自觉地，嘴里就喊出来儿子的名字："兵兵，兵兵，兵兵——"声音一下就从嘴巴里炸开来，把同宿舍的几个姐妹都吓醒了，拉开灯，一看香草一只手还在墙上乱摸着。

第二天中午吃饭的时候，香草被线长喊去办公室。香草知道自己犯了错，低着头不敢看线长。线长没有笑容也没有冷脸地看着香草说："妹子，你的事我知道一些，当初艾草介绍你来就和我说了你的情况，我一直都照顾着你。最近你好像心病很严重，经常把姐妹们半夜吵醒，这都不要紧，大家都是出来挣钱也不容易，在床上不会有风险。可是妹子，白天上班是计件拿钱的，你自己少挣不碍事，这是流水工作，你一个人会误了一条线的生产量的。你还是换个工作吧，哪天出事了，零部件插错了，影响产品质量就不是小事了！我们这是出口的，说大了会影响我们国家的声誉呢！”

香草听出来线长的话音，还是低着头说：“线长我知道，我明天就和艾草说不干了，我想回家给孩子上坟，他给我托梦说没有衣服穿，天冷了！我们坐在家里不冷，他可是躺在田里地下，没有钱买衣服啊，何况还有他爸他奶奶都要用钱，我得回去给他们烧些钱过冬了！”

线长听了脸上一会儿红一会儿白，不知道怎么说，只好叹了一口气，默默退出房间。

晚上下班的时候，艾草过来了，她看起来还是那么平和，看不出喜乐和幽怨。她坐到香草身边，伸出手来拉着香草的手问：“妹妹，是不是想家了？我知道，你是第一次出远门，对外面的环境和生活还不习惯，慢慢会好的。我带你出来，也是想让你换个地方，老家是片伤心地，我怕你熬不下去，我也不会放心，谁知道你还是不能适应这里的工作。其实我明白你想儿子，可是工友们背下议论你神经质，有人打你小报告。”

香草默默无语地听着艾草说话，眼里慢慢溢出了泪水，她没有号啕大哭，也没有什么诉说，只是眼泪一滴一滴地落下来，流在脸上，就如一条冬天干枯的小河。

艾草只能握着香草冰冷的手，越来越紧。她想把自己温热的体温传达给香草，可是，香草的手还是那么冰凉，凉得像早晨庄稼上的寒露。艾草说："妹妹，我请假了，我就陪你去买票吧，你回去看看，过段时间再回来，我给你重新找一个工作。"

香草无言以对，只是微微地摇摇头。

七

坐上了车，香草还是哭了，她挥手朝艾草说："姐，我回去了，你别担心我，你好好上班，和吴宇好好过，我回去陪儿子了。你知道，这里再好也不是我的，我的心在家里！"

在离别声里，火车启动了，她们慢慢看不到彼此的身影了。

香草回到家才知道，所有的土地都被承包了出去了。公公说："地不能荒着，就算让人家种菜，也是好的！你回来也好，听说你在外面也不适合，回来还可以帮着人家大棚蔬菜做点事，也是你平常做惯了的除草打药的活。"

香草找到承包大棚的人，说了自己想进来做事的想法，人家笑呵呵地答应了，说："我们真是巴求不得啊，现在的人都出去了，地荒了真可惜了，能留下来的都是舍不得土地的人！你就在这里干吧，五十块一天，一个月结算，虽说没有在外面钱多，总是可以让你吃喝不愁的。"

香草咧开嘴巴，想笑一下，还是没笑出来，觉得鼻子酸酸的，心里像被什么虫子蜇了一下那么疼痛。真个是一天一个模样，原来是自己家的土地就成了别人的财产了！每天在自家的土地上为别人收获，总是觉得那么怪怪的不舒服不习惯，就像刚到深圳的感觉一样无所适从。

清明了，香草默默地蹲在亲人的坟边烧着草纸！

端午了，香草来到坟边默默地烧着草纸！

冬至了，香草还是一个人默默地来到这片亲人的坟边，一张一张地烧着草纸。

天冷了，地下冷吗？香草想着。想着，泪水就滚滚地从眼睛里落下来，一颗一颗地滴进脚下的土地……

兰草的爱情

真正的爱情，不只是两个人的幸福！

——题记

一

我在小学五年级的时候，终于做了一个大胆的决定，在没有经过父亲和老师的同意下，把自己的名字兰花改成了兰草。

我是后来听母亲说的，才知道父亲给自己取了兰花的含义，那就是除了上面已经有了的两个姐姐之后，在我之后再也不能来女孩了，有拦住不要再来花姑娘的意味！也许是老天爷慈悲，我还是降临到了人世。

那个年代的苏北农民，最大的愿望就是能传宗接代，没有儿子，就会有人在背后说三道四，上辈子作孽太多，这辈子就要断子绝孙。有了一个儿子，比什么都重要，走起路来腰板儿都是直挺的。可是老天爷偏偏与父亲对着来，偏偏就一连三个都是女孩。事不过三，父亲终于有点沉不住气了，脾气越来越大，一点小事都会对着母亲大吼大叫，似乎看我们哪儿都不顺眼。

爱听评书的父亲，也许是借鉴了三国里的战略：屡战屡败，屡败屡战，为了家门香火，不得不做持久战。可是天不遂人愿，当我的妹妹再次出生时，父亲终于像个漏气的气球一样，一气之下，把妹妹就送了人。第一次看到母亲偷偷地压抑着自己的悲伤和不舍，把妹妹递到了别人的怀抱里，就如同摘走了她心里刚生出来的一块多余的肉。

父亲黑着脸，头也没回一下。那时候，父亲一定白天黑夜都在心里望着天空祈祷："不要再来花花了，给我一个带把的儿子吧！"他说什么也不相信自己会命中无子，因为自己就是兄弟三个，到了自己一门，为什么就成花开一片、叶落无声了呢？

我是家里第三个女孩，从小就有了莫名的自怨自怜，甚至是与生俱来的自卑！我看到的和感受到的，更多的是父母喜欢和疼爱二姐旺男。

旺男天生聪慧，嘴巴里永远含着一块糖，脸上永远开着一朵花，看谁都甜甜地叫一声，同时把脸上的花儿开放出来，真

是个人见人爱、花见花开的人物。

如果说二姐是一只受宠的百灵鸟，我就是一只丑小鸭。反正我在心里是这样比喻的。我常常在心里无数次默默地渴望着，甚至是在每一个夜晚临睡之际，幻想着自己有朝一日，在某一个早晨醒来的时候，突然就变成了一只美丽的小天鹅。

打猪草、放牛、赶羊，成了我上学之后最重要的生活内容。无论是放牛还是打猪草，只有家里小狗阿黄和我形影不离。我在孤独的时候，就想起了书上谁说的，上苍在为你关上一扇门的同时，也会为你打开一扇窗。家里的小狗阿黄，就是上苍送给我的伙伴。每次放学回来，它就早早在村头等我，远远地冲过来围着我又蹦又跳，尾巴摇个不停，还时不时伸出舌头来舔我的手背，咬我的书包。

还能给我一些勇气的，就是村里的一个残疾五保老人郭云飞。

每次放学回来的路上，或者放牛出去的村口，也许是在打猪草的时候，总会偶遇郭大爷，他就如一只千年不老的神龟，爬行在我的眼前身后。对，就是爬行。

听村里老人们说，郭大爷天生就是残疾，生下来就没有双腿，只有双手。他的父母没有忍心抛弃他，在那么困苦的年景，省吃俭用地让他活了下来。还别说，在淳朴的乡邻们资助下，他一直坚强地活到现在，成了十里八乡一道特殊风景和茶余饭后的谈资。

可是我从来就没有把郭大爷当成一种传奇，我几乎每天都与他擦身而过。郭大爷总会喊我一声小名，又如一只千年神龟一样慢慢爬走了。我总会在自己落寞和伤心的时候用郭大爷的坚忍来给自己鼓劲，如果换了是我，会不会还有勇气这样一天一天地爬下去？

二

我终于考进了初中，这应该是我最开心的事。我可以离开家，去乡里的学校住宿，一个星期回来一次。因为每晚都要上晚自习，我是女孩，离家又远，哪里还敢一个人散学回家？那时候，我们家根本就买不起带着铃铛的自行车。

我除了努力学习，还是努力读书，我早早就明白，我的出路，只有好好读书才能走得更远，离开这个穷乡僻壤的苏北农村。这也是那个时候每个读书孩子的目标和梦想。

大姐基本没有进过校门，一般情况下，老大都是这样的命运，要协助父母做家务，稍微进一年两年学校，认得几个字，不是文盲睁眼瞎就开始了自己的人生。二姐旺男就不一样了，我进初中这一年，她就考进了镇里的高中，一个星期回来一次，甚至是两个星期或者是一个月回来一次。这样一对比，我的基本口粮和住宿资金就大打折扣，多数都给了二姐。父母把所有的希望和荣光都寄托在二姐身上，对我都可以忽略不计一样。

正因为这样，我暗暗地与二姐较着劲，比不了容貌比学习，比不了穿着比努力，我想总有一天我会让二姐和父母对我刮目相看。我要证实自己的，也唯有努力和成绩！

每个星期五下午，我回到家，不要任何人说，我跟着大姐学做饭，晚上还偷偷跟着大姐学织毛衣、纳鞋底，白天也和大姐去地里锄草、摘棉花，回来还不忘给圈里的猪仔和羊带回鲜嫩的草。

二姐享受着家里最好的待遇，最好吃的先夹给她，油瓶倒了也不让她去扶一下，只要她看书写作业，累了还可以去床上躺一会儿。大姐和我把饭菜做好，就去喊她起来吃饭，然后二姐就像一个胜利而归的英雄被拥到饭桌边，最好的菜堆满在她的碗里。

由于我长期营养不良，贫血严重，经常感觉头昏眼花，有几次都晕倒在教室里，还有一次晕倒在厕所里，把同学老师吓得够呛，她们七手八脚把我送到学校外面不远的小诊所，经过检查，才知道我早就严重贫血了。班主任去我家家访，告诉父母，我看到父亲只是象征性地应付着老师，然后就甩手出门了，只有母亲，从里屋拿出几块红糖来塞进我的手里，说这是补血的，也只有这点儿，平时都是生病不能吃饭才烧点开水喝的。

三年初中，我真可以说是熬过来的。我不是以优异的成绩考上县里高中的，是刚刚达到录取分数线，不是我据理力争，父亲真不让我去读的。恰恰也是在这个暑假里，被宠着的二姐突然就因为早恋离家出走了。

二姐的突变给了父亲一次严重的打击，那时候无法去寻找，交通和通信工具都很匮乏，只有等待事情的自然结局。半年以后，二姐挺着大肚子低着头回来了。母亲只能是又惊又喜地拥抱着二姐号啕大哭，父亲黑着脸，一根烟接着一根烟抽，最后还是把二姐轰出家门，说永远也不要再回来了。我看到二姐出门的那一刻，居然没有掉下一滴眼泪，目光里却有一道寒冷的光闪现在我的眼前。二姐从此就没了音讯，不知道是生是死，是祸是福。

没有了二姐的映衬，我似乎就没有了压力，学习成绩越来越好，高二的时候，我居然跑到了全班第二名，全年级的第十名。这是我自己和老师都感到惊讶的结果。

很多时候，事情都是无法预料和感知的。就在我准备高考的那几天，突然传来二姐死亡的讯息。那个带着二姐私奔的男孩不负责任地和二姐绝交了，眼看着就要做母亲的二姐接受不了现实，写了一封长长的遗书，带着她就要降生的孩子，沉入水库后第二天被人发现，经过派出所排查最终找到我家。

当二姐的遗体和那封还带有河水的遗书静静地躺在我家堂屋的时候，我才明白了一个人可以为爱不顾一切。太多的理由，在死亡面前都是一个无言的结局！为了爱情，二姐失去了所有，在绝望中选择了离开这个世界。

父亲一夜之间老了十岁，原本就清瘦的父亲现在成了一个皮包骨头的老人。他还是那样一根接着一根地抽烟，我偶尔还会看到，在烟火明灭之间，父亲的一行泪水滴在烟头上，发出吱吱的声音，他的手颤抖着再次点燃一根烟继续品尝着自己种下的苦果。母亲的头发突然就白完了，就像一夜之间雪花落满了头顶。更没有想到的是，母亲哭着笑着的时候，会突然跳起来，冲到父亲面前，一头撞向父亲，然后两个人同时摔倒在地上，久久不能起来。我只能和大姐一边大哭一边扶起父母亲，这时候才听到了从来不哭的父亲放声大哭，一直到沙哑得发不出一点声音。我想，二姐一定是用自己的死亡来告诉父亲一个事实，再美的花都会凋谢的吧？

三

在暑假等待高考结果的我，显得那么安宁，真的是安宁。我想，一切都是最好的安排，该来的会来，该走的会走，就如大姐匆匆嫁人离开了家，就如二姐决然离世之后的悄然无声。

就在别人都等来录取通知书的时候，我却没收到一纸信息。我知道自己落榜了，这就预示着，我将一辈子还得在土地里劳作，永远是一个农民。我想，这没有什么不好，也没有什么好，艾草不是一样活着吗？香草不是也这样活着吗？青草不是和我一样高考落榜之后出去了吗？我没有什么特别的，有很多时候，命运是上天的安排，我只能这样在夜深人静的时候，偷偷地流着眼泪安慰自己。

就在我准备安心做一个农民的时候，我接到高中班主任的信，大意是告诉我，有一个去农业大学特招的深造名额，学费减半，生活费自理，老师信里说，知道我性格内向，倔强又坚强，在学校表现很好，所以第一时间想到了我。

我的心一时间就狂跳起来，手里捏着信，就如抓住了自己的命运一样兴奋，我脑海里突然就涌现出高中语文课本里韩愈老先生《马说》里的那句名言，“千里马常有，而伯乐不常有。”我是多么幸运，遇到了班主任这位伯乐，我的人生就这样发生了改变。

当我央求父亲给我筹备学费的时候，我看到父亲的眉头紧紧收缩在一起。我知道父亲的纠结。家里几乎是一贫如洗，母亲身体日渐衰弱，而我这样的要求又是那么合理和强烈，作为一个男人，女儿的前途又是那么重要。我不知道父亲那一夜之间是怎么去筹集学费的，在天亮以后回来的时候，把一沓十元人民币沉重地放在我的床头上，一句话也没有说就出去了。我看到父亲转身那一刻，虽然是消瘦得有些佝偻，可是突然间就显得那么伟岸。

我一个人坐车从县里来到南京，从中央门汽车站，坐上9路车直达到一个叫卫岗的车站，下坡右拐就看到了“农业大学”的北门和牌子。走进大门，找到报到处，拿到宿舍的钥匙以后，我终于才把紧张的情绪放松了，这时候才发现，我的衣服都汗湿了。可是我知道，我终于是一名大学生了，虽然还是和农业有关，毕竟是离开了家、离开了土地、离开了我二十年的陈旧生活。

四

大学生活远远出乎预料，又何况是农业大学，理论课一周才十几节，多数都是去试验田里看那些农作物的生长过程，预防幼苗生虫、打农药、锄草、接种、做笔记。我是一个刚从农村离开土地和庄稼的人，提不起一点儿兴趣，都是司空见惯、轻车熟路的活计，因此我就比其他同学要轻松自如了很多。那些从大城市里来的同学就不一样，他们充满好奇，一副天真的神情，看到油菜花会手舞足蹈，看到叶子上的青虫会哇哇大叫着一哄而散，我这时候就显得宠辱不惊了。这样半个学期下来，我就顺理成章地被选为学生会主席，成了一群优秀学生的“女王”。

谭克承是我们学生会的副主席，热情沉稳、大方，最重要的是，他高、他大、他帅——一米八〇的身材，不胖不瘦，大方国字脸上能看到黝黑的胡茬，帅得让人看上一眼，目光就不想从他身上移开。

我不知道别的女生看他的感觉，我只知道我每次看他的时候，总是心跳加速，脸会发烫，如遭电击。那时候韩剧刚刚进入内地，他就是我们女生眼里中国版的安在旭。

为了能与他更加靠近，感觉到他的气息，我会节省自己的生活费跑去看《星梦奇缘》，后来又是《再见先生》，我欺骗自己的感觉，看到安在旭就是看到了我身边的谭克承。这是在我二十一岁的生命旅程中第一个闯进我心里的男人。

为了能有更多机会靠近“现实中的安在旭”，我自私地利用学生会主席的职位，经常性找一些理由开展活动，与他零距离接触。天知道我这样的心机是不是被一些同学发觉，我也不知道“安在旭”有没有感觉到我看他时候的异样目光。我唯一可以对他表达的就是在学习以后，钻进宿舍的床上，写有关他的日记，把每天的心跳和幻想留在纸上。

原本显瘦的身体不知道什么时候开始有了变化，我明显感觉到我的腰围增大了很多，原来的衣服裤子都不合身了，胸部明显丰盈了起来。

我该买衣物了，可是家里哪里还有多余的钱给我补贴衣物呢？记得那次“五一”休假回家，我偷偷告诉了妈妈，我现在的衣服包不住越来越丰满的胸部，母亲就给了我一条白色的布带，她教我如何缠绕在背后胸前不会脱落，这样原本瘦短的衣服又可以合身了。

回到学校，我和姐妹们一起解衣宽带的时候，她们总会嘻嘻哈哈地笑我又回到了古代。这让我想起了那些三寸金莲的女人，她们也曾痛苦过，可是却赢得了男人的宠爱，即使我缠绕的是胸，而不是脚。相反，我的脚却越来越大、越来越长、越来越粗，这又让我想起了明太祖朱元璋的原配马夫人，据说她是一个有名的大脚女人。

大二眼看着就要结束了。那一天，我正行色匆匆地收拾东西，准备去买车票，在学校那片桃树林里，我看到了一个熟悉的身影，直觉很快告诉我，那是我的“安在旭”。当我清晰地看到他手里牵着一个我们平时也在一起做活动的同学，而且还是我很亲密的同学秦燕玲时，我的头嗡嗡直响，胸口发闷，连喘气也开始急促了起来。

我忘了我是要去买票的，我忘了每天只有一趟车的事，就那么伫立在路边像一个风中凌乱的稻草人。我突然感觉到下雨了，脸上被淋湿了，有水珠从脸上流下来，我忘了用手去揩一下，眼睛直勾勾地看着我的“安在旭”和我的女同学那么亲密地依偎在一起。他们停了下来，“安在旭”双手搂抱着秦燕玲，头慢慢地靠近，我那时候的震颤，不亚于两颗星球的相撞。他们终于紧紧镶嵌在一起，两个身体合二为一。仿佛那原本属于我的初吻让秦燕玲帮我完成了。

我的天空猛然炸开了一声剧烈的惊雷，突然眼前一黑，我赶紧扶着面前一棵桃树。

我双手捂着脸，一阵狂奔，回到了我的宿舍，一头扎进床上，哭声就从手指尖上泄露出来。我用被子捂住嘴巴，像一只狼一样呜咽，喉咙里却不敢发出悠长的嚎叫声。

我终于病倒在床上，整个暑期都没有回去，我不能用这样失魂落魄的模样去面对父母和乡邻。毕竟我是那个村里第一个走出去的大学生，而且去了省城南京，在乡亲们的意识中，我一定是快乐幸福的模样。

在我时好时坏的情绪里，我还是去城里找了一份家教的工作，这样可以维持我基本的生活开销，到开学的时候，居然也能够缴纳自己的学费了。在此同时，我报名自考教师资格证，我想有一天我也许可以去做一名教师。

大三的最后一个学期，我在心里最终接受了“安在旭”不属于我的事实。每当看到他和那个同学双进双出，看到他们甜蜜幸福的身影，我只是在心里默默祝福。在要离开大学前的一个夜晚，我用背包装着厚厚的十二本日记本，来到第一次认识谭克承的地方。

六月里，晚风轻轻地吹拂着，各种农作物安静地生长着，该绿的绿，该红的红，该白的白，这些都是我再熟悉不过的，就如同我身边那些熟悉又陌生的同学，如同“安在旭”和秦燕玲。

天气还没有那么热，我浑身没劲，仿佛心里有一块冰冷的雪球在慢慢融化。夏天来临，心里的冷总会消融，我的秋天一定会更丰硕。我这时想起俄国作家普希金的诗：

假如生活欺骗了你，
不要悲伤，不要心急！
忧郁的日子里须要镇静：
相信吧，快乐的日子将会来临！

心儿永远向往着未来；
现在却常是忧郁。
一切都是瞬息，一切都将会过去；
而那过去了的，就会成为亲切的怀恋。

我在心里念叨着这首诗，把包里的笔记本一本一本地拿出来，然后一张一张地撕开堆放在树下。我点燃了这些曾经的文字，里面包含着我曾经的所有情感：甜蜜——煎熬，相思——遗忘，喜悦——悲伤，希望——失落！

当火焰越来越旺，就如七月的骄阳炙烤着我的脸庞，我的心开始疼痛，汗水变成了泪水流出眼睛。我在祭祀着我还没有开始就结束了的爱情。耳边突然就回响起黛玉葬花的唱段："花飞花谢花满天，红消香断有谁怜……"

五

我怀揣着毕业证书和一张教师资格证书回到了家。母亲看到我一脸疲惫，赶紧接过我手里的包裹，那份疼爱写满双眼。母亲的头发更白了，白得那么耀眼，每看一眼，我都会想起印象里的那座著名的富士山。母亲的白发是生活过早给她的礼物，我却在这样的时候，内心充满愧疚和不安。

父亲还是那么消瘦，看到我回来，总算露出一抹笑容，就像秋天的菊花开在了他的脸上。我的心里一酸，往日所有的幽怨都在菊花绽放里随风消散，仿佛此时此刻我才真的长大了，我在心里承认了我是他们以后的天空和阳光。

回来的第三天，村里的媒婆李婶颤巍巍地进到我家，用探寻的目光在我脸上身上剖视着，头就像老母鸡教小鸡仔吃食那样不住往下点动，不时露出我看不懂的笑容。她和母亲东扯西拉地说了一会儿闲话，就开始问我的生辰八字，还悄悄把母亲牵到里屋叽叽咕咕了半天，又出来问我有没有在学校谈婚论嫁。很明显，她是来给我说媒的。

母亲以为我会拒绝，以为我会很挑剔，至少会拷问几句。我什么也没问，就对母亲说，只要不是做田的，有份稳定工作就行了；不要那么优秀，也不要那么窝囊就行。

母亲告诉我，对方是教师，而且是县城里的中学老师，如果可能，会找关系先把我安排在乡里初中教书，以后再慢慢想办法调到县里去工作。我没有拒绝，也没有高兴，好像这些都和我没有什么关系一样波澜不惊。

我和他的见面，被安排在乡里的一个饭馆里面。

第一眼看到他，我脑海里就映现出秋天里干枯的玉米秸，再缩小一点想象就是收割过后的稻草，干巴巴的。他给我的感觉，除了瘦，还是瘦。我都担心他在夏天刮大风时一下子就会被刮飞了，下大雨时被淋倒了，就像地里那些个没有插紧的稻草人。

我们只是问了对方的姓名，然后就几乎没有说过话，多数都是媒婆李婶像老鸹一样在耳边聒噪，说了他的家庭殷实、工作稳定、为人厚道，然后又转过来说我的长处，说我贤淑、本分、勤劳、稳重、好学，反正是墙头草不断地两面倒。

吃了饭，他主动去把饭菜钱付了，临走前，没有忘记给我塞了一只手帕，是那种桃红色的手帕，上面印着几朵荷花，荷花上面停着几只蜻蜓和蝴蝶。这是唯一让我觉得他做对的事情。

九月刚到，我就接到了乡里中学的通知，让我带着证件去报到。我知道那是他的活动起了作用，据说他的一个亲戚在教育系统做要职，对他来说，可能就是一句话的问题。

相对来说，我还是喜欢学校，喜欢孩子的，虽然是初中，那些孩子都是十一二岁，有的还没有脱去稚嫩的外表，也有成熟的、开朗可爱的，在他们的欢声笑语里，我找到了一些从来没有的踏实感和成就感。那时候，教师的职业还是很受人尊重的。

我们的婚期定在1996年的10月1号国庆节。

简单地买了几套衣服，给父母也添加了两套衣服和布匹，母亲给我准备的也就是两床被褥，床单是大红色的龙凤呈祥，上面还有鸳鸯戏水，有鱼跃龙门。然后，我就随着这些被子和对方送过来的桌子、椅子、脸盆，还有一台12英寸的黑白电视机一起被送进了县城里，做了一个教师的女人。

好像没有期待中那么紧张，没有想象中那么甜蜜。他——我的合法男人李雨桐——在送走所有前来贺喜的同事和亲朋之后，满脸倦容地站在我的面前。

我没有动，也不知道该做什么、不该做什么，就是坐在床边，低着头。我以为风会刮起来，雨也会下起来的，有闪电、有雷声。我等来的就是一句："都累了，睡吧。"我真的听他的，脱去外衣，躺下来，眼睛一闭的时候，一串泪水从眼睛里钻了出来，流进我的嘴巴，苦苦的、酸酸的、涩涩的、凉凉的……

我的婚姻就这样开始了，不是爱情。没有爱情的婚姻是不是一种悲哀，人活着究竟是为什么活着？我常常这样问自己，有时候找不到答案就在书本里去寻找，但还是寻找不到我要的答案。

六

我在乡村中学的第三个暑假，终于在我的男人活动下调到了县城中学。

因为走得很匆忙，我没有来得及和艾草打招呼，没有和香草道一声别，也没有和最小的青草妹妹说上一句话，她和她的男朋友去了南京打工。我们几个曾经是一群无话不说的姐妹，如今，为了生活就这样分道扬镳了。

男人是教高中语文的，是我们的语文组的组长。在很多时候，他的工作时间就比我长了很多，加上他又是一个仔细、负责的学科带头人，经常是“风雪夜归人”。很多时候，我就成了一个被打入冷宫的怨妇，在深夜里望着房顶哀哀怨怨，无语凝噎。我也因此不可挽救地爱上了李清照、爱上了柳永、爱上了南唐后主李煜。

直到又一个深夜，我在迷迷糊糊的梦魇里正与柳永缠绵悱恻的时候，我被一阵震动惊醒了。我看到了我现实中的男人，双手在空中飞舞，两只脚胡乱蹬着被子，口里吐着白沫，从床上滚到地下。我吓得跳下床，望着他，不知道该如何是好。这是县城，家里已经安装了电话，而且是学校分的房子，我赶紧给楼上的韦清雨老师打了电话。几分钟过后，男人没有了动静，我吓得大哭起来。我以为他死了。

韦清雨老师下来，看到这样的场面，没有一点惊讶和着急，只是用手扶起男人的头，伸出手来，掐住他的人中，另一只手捏住他的虎口。他望着我说：“你没经历过他这样吗？不知道他有这个病史吗？我们学校的老师都知道啊，就是医学上说的癫痫症。有时候病发有症状，有时候没有，时间也有长有短。我在以前救过他两回了，都是他在症状预发前打电话喊我的。”

我的头嗡的一声，就像有弹簧拉紧了在我耳边又收缩回去一样的感觉。所有人都知道的事，我却不知道，我一直生活在一个人的欺瞒里。他迟迟没有成家，那么瘦弱，那么努力工作，那么害怕回家，都有了正确的答案。

我这才突然感觉到，每次亲近的时候，他是那么小心翼翼，我以为那是一种呵护，一种发自内心对我的疼爱。而且，每次亲近都是三两分钟就完事了，就如夏天的阵雨，刚下几点就停了，路上的尘埃甚至都没有被雨水淋湿的痕迹。我的身体还没有发热就被拔掉了插头，我就像是一壶从来就没有被烧开的水，只是热了一会儿就被迫断电了，接着就是一片漆黑的夜色笼罩着我的心和身体。慢慢地，我居然成了一块不生不熟的废料，铁不是铁，钢不是钢。

生活还是要继续下去，教书育人，家务事，批改作业，成了我最主要的生活主页。这个县城一直就教育突出，被授予“教育之乡”的称号，从校长到教师，家长到学生，经历一代又一代人努力维护，保持着这份光荣，成了传统和美德，每年高考升学率都能达到全省排名榜上的前三。学校几乎就没有双休日，最多的，是在重大的节假日里，会放一天或者半天的假让全体师生休息一下，喘一口气，然后继续努力在教与学的路上奔跑、冲刺。

我的男人更是日以继夜，夜以继日，常常是三更半夜回来，天不见亮就去到教室，仿佛那儿才是他的住所，而我们的家只是一个临时休憩的驿站。偶尔，他会在回来的时候，对我说上几句甜言蜜语，问一些我教学上的情况；高兴的时候，会在我身上来一次蜻蜓点水似的亲密接触。

我成了一块千年不易融化的冰，更适合于冬季生长，就如那些冬眠的蛇和青蛙。

很意外，我居然也怀孕了。每次一吃饭就呕吐，每次上课就泛酸水，头晕得很厉害，我以为我病了，有一次差点在课堂外面把黄胆都吐出来了。有学生去喊来了同在一个学校里的我的男人，他用自行车把我驮到县城医院。当医生笑呵呵地告诉他，我有喜了，我还是没有缓过劲来，不明白我们的喜从何来。而他，竟然当着那么多病人，一把搂住我又是摇又是晃地号叫着“我有孩子了，我要当爸了！”然后又像个孩子一样转身抱着医生又是跳又是笑。突然地，他就像一捆没有站立稳当的稻草，被突然而来的大风刮倒一样，口吐白沫，四肢乱颤，我知道，他又犯病了。我只能无力地告诉医生，他这是我知道的第三次了，不能激动和兴奋，不能做很重的体力活。

医生当然是一看就知道，一点都没有惊慌，走过去，就像拿着听筒给病人检查身体那样，伸出手去。两分钟不到，他就睁开了眼睛，即刻就像弹簧一样又直立起来了，拉着我就向外面跑，边跑边说：“快点快点快点，我们去告诉校长、告诉同事、告诉我爸我妈，我们有孩子了！”我无意间抬头看到他厚厚的眼镜里面，有晶莹的泪花流了出来，他顾不得去擦拭一下！

七

因为妊娠反应太强烈，我不得不停止教学，请了病假，在家里休养。

我几乎什么都不能吃，就算强迫自己吃点东西都会吐出来。我不知道为什么会这样，就跑回娘家问母亲。母亲望着我，那份疼爱和无助很明显地写在她的脸上，可是却无法告诉我原因，她生我们姐妹几个都是顺顺当当的，能吃能喝能睡，没有这样的体验。我只好跑去问村外的艾草。

艾草比我大两岁，却很早就成了家，也有了孩子。她的男人吴宇平时在家做田，闲暇之时也出去打工，就是去工地上做小工，几个月或者半年回来一次。

艾草的儿子晓军都快四岁了。我买了一些零食，来到艾草家，可是却没碰到人，她下地去了。我只能等着，和她婆婆有一句没一句地说着话。晓军对我有点陌生，也不太和我说话，只是拿着我给他的糖果在一边玩着。

天还早，艾草一时半会儿还回不来，我就问了她婆婆艾草所在地，拉着晓军去地里找她。

五月的乡村，处处都是绿草如茵、红花如霞，随处都能看到蝴蝶飞舞。青青的麦苗已经抽穗，有了细嫩的麦芒，如果是清晨，上面就会有晶莹剔透的露珠。小时候，我们出来打猪草，就常常把衣袖打湿，裤子和鞋子也湿了一半，那种凉凉的滋味还能回忆起来。

一个人，很容易就被淹没在庄稼地里，我就用手捂着肚子喊艾草，还没喊几声，又开始吐了起来。晓军看我这样，以为我生病了，也开始大声地喊着："妈妈——妈妈——"

艾草终于从油菜花里钻了出来。我看到她的衣服湿了、裤子湿了，脸上粘满了金黄的花粉。我捂着嘴巴，说不出话，用另一只手去把她头发上那些细碎的花瓣一个一个拍了下来。

艾草惊喜地笑着，双手在潮湿的衣襟上搓了一把，拉着我说："兰草妹子，什么风把你给吹来了啊！很久没见你回娘家了。当老师很苦吧，一个人要教那么多学生，吵都吵死了，要是我可受不了。"

我望着艾草只能微笑，摇着头。刚想说句话，心里一阵翻腾，又蹲下来呕吐，可是嗷嗷了半天，什么也吐不出来，身子越来越软，站不起来，只能用一只手撑着地。艾草赶忙蹲下来，双手搀扶着问我："咋了，兰妹妹？哎呀，你看我这猪脑子，妹妹你是有喜了啊。"

我朝艾草点点头，挤出一抹微笑，有气无力地说："我就是反应太厉害了，什么都吃不进去，去问过医生，医生说这是没有办法的，每个人的生理状况不一样，反应也不一样。不是病，不能打针、不能吃药，只能自己坚忍地挺着。我实在没招了，才来问一下姐姐，可有好的法子帮我减轻一点反应？太难受了，怀个孕就这么难受吗？”

艾草笑眯眯地望着我，一把抱起儿子，一边往回走一边说，哪个女人都要经历这一关，十月怀胎，你想啊，一个生命在你肚子里慢慢成形到生产，每一天都是重要的。我们从一个女孩变成一个女人，最重要的区分就是生孩子。

我搀扶着艾草慢慢地走着，还是幽怨地问：“姐，有没有解决这种痛苦的法子啊？这样下去我怕都承受不了啊！”艾草说：“妹子，我知道你的处境，难受的时候，你吃点酸的会好点儿，早上可以熬点红枣汤喝，中午吃点山楂片。你只有忍着，后几个月就好点了，孩子有了足够的养分就安静了。母子连心，他会待你好的。”

整个怀孕期间，我的妊娠反应就这样折磨着我、考验着我。我想，我孕育着一个不同的生命，为他受苦也许是值得的。可是后来我才知道，有些事真的是与初衷背道而驰，事与愿违。

在某一个下午，我终于生下了儿子，我们在生离死别中获得了相聚——我失血过多，差点离世，他过于瘦弱也差点夭折。好在苍天有眼，让我们母子有惊无险地留在了人间。儿子住进了保温箱，整整半个月才回到我的身边。我这时候才有了做母亲的感觉。

八

做了母亲，才知道爱是什么，也明白了母亲的不易。在我坐完月子之后，我便带着儿子回去看望父亲母亲。

母亲越发的苍老，满头白发越加明亮。我这时候才懂得，我所受的苦，与母亲相比起来，是多么不值一提。她养育了我们姐妹四个，承受着父亲命中无子的怨恨，还有二姐过早离世的悲伤。一个沉默寡言的妇女就如家里那台老得早被废弃了的纺线车。

我常常带着儿子回去，买些菜，带些糕点去看望父母，我要让他们感受到，那个曾经不被看好的女孩今天懂得了什么是报答和孝敬，让他们知道，读书的用处不仅是有一份工作，还有一份对亲情的守望和呵护。

父亲的脸上终于有了一抹笑容，难得的笑容，像秋天盛开的菊花。每次回去，他都会远远地迎接我和孩子，接过我手里的东西，笑眯眯地说声："兰子回来了啊，多住几天啊，多陪陪你妈。"

我让母亲拉着孩子，一起去麦田拔草，让儿子知道他吃的面包就是从这里出来的。我们一起在母亲的菜园里，看一个个青椒挂着，一个个西红柿由青慢慢变红，看一个个茄子像葫芦娃一样在风里荡秋千。我以为这样，儿子就如田野里庄稼一样会按照四季轮回，茁壮成长，天天开心。在整个幼儿园，小学阶段，儿子确实是很乖，学习也很用心，老师喜欢，同学相处和谐，没想到，一进初中，问题就频频发生了。

我们这个县最著名的项目之一就是教育，这里到处都炫耀着“教育之乡”的荣誉。在这里，无论是老师还是学生，每个双休日都被繁重的教学占用了——早晚自习、各种永远做不完的试卷、永远诱惑着老师和学生的奥数竞赛。奖状、荣誉是每个老师和学生孜孜不倦的教学动力。当然，我的儿子，也是在小学阶段拿到了所有的奖状，家里到处贴着他的收获。大多数，是他父亲约束着他，灌输着那些为学习而战、永不停息的理念。我有时候也心疼儿子，可是所有的孩子都是这样过来的，我又能说什么呢？何况，这些原本就是最好的结果，皆大欢喜。

又一个暑假快结束的时候，我的男人告诉我，他要去支教，到偏远的山区。那里教师匮乏，教育落后，我们县里就每年给出几个名额，待遇是每月双份工资和奖励，一年发十三个月工资，家属探亲所有开支报销。

我没有反对，也没有赞同。几年下来，我早已习惯了他的先斩后奏。他是一个地道的大男子主义者，说一不二，没有商量的余地，最多也只是让我知道有这么一回事儿。可是我没有想到，他一签就是五年。我惊讶于他的离去对我而言，没有一丝不舍，似乎在与不在是一样的。

儿子进初中后，一反常态，是我始料不及的。

我们这儿早自习和晚自习是每天必不可少的，而且每节课都安排老师进课堂监督、辅导，所以即使是课余，整个校园也是安静的。如果走在教室窗外，你不会知道里面还有学生和老师，只有偶尔一声咳嗽才能打破夜晚的宁静；只有走进教室，才能听到细碎的笔在纸上写字的沙沙声和翻动书页的微小声音。

今年我带了高三的语文。高考在即，每个人的神经都绷得很紧，就如上紧发条的闹钟，争分夺秒，谁都不甘落后。每年高考公布录取分数线的时候，就是老师学生的节日。我们这儿录取率一直保持在百分之九十五以上，所以被称为“教育之乡”。

这天晚上，我正在监督学生晚自习，坐在教室里备课，有人在我的窗口轻轻敲了两下，同学们都一起望着我，知道是有人找我。我走出教室，看到儿子的班主任曹静芳。

我们走到远离教室的操场，这里没有打球学生的身影，就是平时也少有活跃的打球学生，体育课和音乐课早就约定俗成地被各种主课替代，同学和老师也都习惯了这样的调换。

曹老师逼近我，脸上没有一点儿笑容。我只好微笑着问曹老师，有什么事，我以为儿子学习下降了，需要我的配合和监管。这是每个班级常有发生的事。

曹静芳老师这才拉着我的手说：“兰老师，我知道您带着毕业班，高考眼看就到了，您很忙，也是累！我也带过毕业班，所以十分理解这种压力。可是你家的孩子最近太反常了，您没有注意到吗？今晚没有上晚自习不说，好几科老师都给我反映说他不交作业了。我问了别的同学，也没发现他有早恋现象，所以我有点不理解，是不是你们家里有什么事情让他发生了变化。您知道他的语文考试这次只考了七十几分，一百五十分的试卷，也就是不及格了。还有英语更是让人焦心，只考了五十六分。作为班主任，我也有责任，所以我需要您的支持和配合。”

我的心一阵收缩，眼睛突然发黑，我赶紧扶住曹静芳老师，缓了很久才感觉正常了过来。我不知道说什么，也不知道如何去解释，因为我根本就没有察觉儿子的异常。他每天回来还是那么用心，有时候回来还知道帮我洗碗、拖地，甚至有一次要帮我洗衣服，让我感动得都要流泪了。难道儿子这么小就会伪装了吗？

曹老师说着居然哭出了声。她告诉我，儿子竟然在她面前扔了书包，大声喊叫说，以后的晚自习就是不来上课，以后星期天也不去学校，他振振有词地说，这是国家法定的，为什么会被占用，他们学生的权利被剥夺，他要写信给教育局。最荒唐的是，他竟然说，他们是中国人，为什么要学外语，很多人中国话都还没有学好，还花费那么多时间去学外语，真是搞笑。这些话出自一个孩子的嘴巴，简直不能让人相信。我没有料到我的儿子叛逆期来得这么快，这么突然，作为一个母亲，我是个失职的人！

我拥抱着曹静芳老师，只能重复说，对不起，对不起，然后我也放声大哭。我不知道我该怎么办，对于怎样应对孩子的心理变化，我是无知的，这方面的知识几乎等于零。为了更多的孩子，我没有和儿子更多地交流。在他那儿，也许我们都是被过度教育毒害的人，变成了一架机器，冬天和夏天一样没有温度差。

我只能求救于远在几千里之外的男人，说了儿子的近况。他听了就火急火燎地赶了回来，像一个冲刺百米的运动健将，从学校里拖回儿子，然后又变成了一个拳击教练，在儿子身上开始了最好的发挥。

儿子只是紧咬着下唇，一声不响，仿佛那些拳头和巴掌落在了一床棉被上。我终于没有忍耐住，冲过去护住了儿子，所有的拳头就落在了我的身上。我第一次看到他暴露出凶残，他明明知道是我在承受那些拳头，也许他真正觉得，最该受到惩罚和教育的是我，回来打儿子也就是在打我的失职。他那么用力，而且越来越沉重。

儿子挣开我的拥抱，头还是昂得高高的，怒目而视着他的爸爸说："你现在可以打我和妈妈，二十年后，你还能打得动吗？二十年后你再试试。"

男人霎时间就停住了挥舞的双手，然后默默地走出了家门。从背影看去，他一下子就萎缩和苍老了很多。

九

儿子断断续续地逃课、出走、网游，最终成了一个问题少年。同学们疏远了他，老师也放弃了对他的希望。只有我知道，这些结果不完全是他的错。是谁的错？那就只能是我的错。作为一个母亲，我是失职的，我把太多的时间消耗在教学上，而忽略了对儿子的引导。曾经，儿子也是那么乖巧，甚至是孝顺的。每次我回来，他都会拥抱我一下，说妈妈辛苦了，然后在我脸上亲一口。每次吃了晚饭，他也会主动把桌0子上的盘子和碗筷收拾到厨房去清洗干净；有时候还会给我放好洗澡水，端来洗脚水给我洗脚。每当这时候，我就感动得眼睛湿润，心里想，总算没有白生养儿子一场，所有的苦也值了。

如今儿子成了这样，就算整个世界都冷落他，我都不能抛弃他。

还有一个学期就要中考。在就要放暑假的时候，他爸爸出乎意料地回来了。以前的暑假寒假他都很少回来，一个是路远，每逢放假和开学的时候，车票难买，加之他要家访，种种原因不能回来，一般都是我和儿子过去看他。

晚上，他只是蜻蜓点水一般和我温存了一下，我连一点感觉都没有他就结束了！他越来越瘦，几乎就是一个皮包骨头的人，身材高瘦，就像一根竹竿一样横在我的眼里。我能摸到的只是一个冰冷的身体，不知道为什么会在这样的时候，泪水就悄悄地流了出来。

男人告诉我，他回来是要把儿子接到那边去中考，一个是支教老师家的孩子可以优先办理转学手续，另一个是偏远地区升学录取分数线很低，照这样的形势，儿子在那边再去读一个学期，考上那边的高中还是有可能的。

当我把这个消息告诉儿子的时候，他第一个反应就是不去。他说吃不惯那儿的面疙瘩、窝窝头，喝不惯那儿苦涩的水。其实我知道，他是不愿和他爸爸在一起，所以找出一堆理由来拒绝。在这个人生的重要关口，我们没有迁就儿子，他爸爸通过在教育局工作的表兄把儿子的户口和学籍办理完，买了三张车票，让我也先去住上一段时间，等开学来临时候再回来上课。

在暑假来到之后，我们去了偏远山区的学校。

出乎意料，在这个暑假，男人没有教训儿子，没有再强调读书的重要，而是带我们去了附近和较远的风景区。他是想用这样的方式来让儿子重新开始。

儿子脸上终于有了笑容，特别是当他看到只有在《西游记》里才能看到的那个大瀑布的时候，他才像个猴子一样蹦跳起来，快乐地来回奔跑着，不时地扮演着孙悟空的样子。我扭头看到男人的脸上也难得地露出了一抹笑容，他的笑脸却被满头的白发映衬得更加明亮和耀眼，我的心一阵疼痛，眼睛一酸，差点就要落下泪来。我赶紧去追赶着奔跑的儿子，把他抛在了身后。

晚上，儿子说："妈妈就要回去了，让我再和妈妈睡一次吧。我知道我就要长大了，以后就没有这样的机会了。"起先他爸爸无论如何也不答应，我默默地脱去外衣，搂着就要比我高大的儿子躺下。我突然觉得，我找到了久违的温暖和依靠，那个夜晚，是我有史以来，睡得最踏实最香甜的一个夜晚。

还有几天就要开学了，这是关键的几天，作为毕业班的班主任，老家的学校那边，很多事要去做，很多家长等着我的回归。高考分数虽然可以在网上查阅了，还是有很多学生父母要咨询我关于填报志愿的事。

男人早就买好了车票，回程票比来这儿的好买很多。当儿子看到我就要上车的时候，一把抱住我哭了。我也哭了，一直相依为命的两个人就要分离，天各一方。我想到了那些古人的句子“相见时难别亦难”，眼泪也一下就涌出来。我紧紧地搂住儿子说：“儿子乖，在这儿好好学习，听爸爸的话，做个好学生，不要让妈妈失望！我会经常打电话给你的，你想我了就打电话给我！我回去就买个手机，每天都装在身上……”我说不下去了，一扭身就上了火车，头也不敢再回一次。

十

这个学期，由于我所带的班级高考成绩排列第一，学校再一次安排我带高二年级的班主任。

白天是忙碌的风风火火，夜晚是寂寞的百无聊赖。尽管还是有那么多课要备、作业要批改，但总有闲暇的时光，比如周末的夜晚。我常常走在校园里，透过窗户，可以看看一个个埋头复习的学生，这时候，就会想起远在山区的儿子。

我拿出早就买好的OPPO音乐手机，拨通了远方的座机号码。好久了才有人接听，我问了对方是谁，我说我找我的男人。对方告诉我，男人和孩子在医院里，说是孩子一直水土不服，挂水去了。

我的心一阵疼痛，儿行千里母担忧，何况还是一个孩子。他基本上不和他爸爸说话，有时候就憋住自己，像一个饱经风霜的哑巴。这是我最担心的地方！我电话找不到儿子和男人，只能在操场上默默地兜着圈子走着，不敢回家，因为一进门，往事都会涌出来淹没我的孤独。

我打开手机，想找一个人说话。在QQ上，除了学生家长和同事，我没有一个熟悉的人可以说话。艾草和她丈夫吴宇去了深圳，这会儿也该睡了，不能打扰他们。香草在乡下，也早该睡了，他的男人瘫痪在床，还有一个三岁的儿子。想想我们这些女人，有几个生活得幸福呢？最小的青草妹妹，也去了南京做建筑，工地上更难联系。

除了寂寞时候能看看书，我基本上也只是读了三毛的散文，更多的是林清玄的书。我喜欢三毛真实的情感表达，喜欢林清玄的深刻哲思。只有读他们的时候，我才稍微有点安宁和充实。在这样的时光，我才相信，书是人最忠实的朋友，才能感觉到书的力量和温暖是无穷无尽的，像大海，也像山峰，像小溪，也像田野。

又是一个寂静的夜晚，我有点百无聊赖地胡乱在手机上浏览，不知怎么就进了一个文学群。我静静地看到里面热闹非凡，各种各样的网名，人头闪动，讨论诗歌、散文、小说的言论层出不穷。我就像刘姥姥进了大观园，小心翼翼，不敢说一句话。

偏偏多事的管理员在这时候跳出来说，欢迎兰花文友加入这个百花园。

我心里一慌，不知道是该退出，还是继续留下来，我知道自己既不是诗人，也算不上作家，最多算得上一个读者或者文学爱好者。我除了读书，一篇文章也不曾写过，这里应该都是文学精英吧，我这样想。

突然一个叫落叶的头像跳出来，和我打招呼问："你是兰花，几月出生的？"

我只好礼貌性地回复说，二月。

"二月兰，好喜欢这个名字。我们附近理工大学里的二月兰正在美丽绽放。我喜欢二月兰，每年都会到理工大学校园里去看兰花。"

正说着，他竟然发来加我好友的请求。出于顾虑，我犹豫了半天没有接受，我几乎不和任何陌生人加好友，虚拟世界里的一切都是过眼云烟，再牛的人有时候就是神马和浮云。

他又发来一个私信："我们一定可以成为知音，我感觉我们有共同语言的，因为我们都喜欢二月兰。"

我的心一动，随手点击了一下"接受"，他就闪进了我的好友栏里。他几乎没有一句客套话就呼啦一下发来一首诗：

致二月兰

校园里的兰花绽开了笑脸，
我却感到青春流逝的悲伤。
有人把花插到花瓶里怜爱，
那样只会夭折它的青春容颜。

爱，是一种呵护和远远的想念，
谁说拥有就是唯一的喜欢？
二月的兰花，独自美丽，
不必伸手玷污她的芳香，
幽静的绽放，与谁也无关。

我一字一句地轻轻吟诵，一种理解与相知的暖意从胸中涌起，直抵眼底，凝聚成一汪热泪，漫出堤岸。我无法相信，一个从没有谋面的陌生人如何懂得自己的悲伤，一个大男人如何对着花儿在春夜独自忧伤。

不管怎样，都得谢谢人家的好意。“谢谢你的‘二月兰’，我好喜欢。”我下意识的就用了“我好喜欢”，好像除了这个短语，没有其他词语或句子能传达对人家才情的敬意与自己的感动。

没过几分钟，一条信息又发了过来，还是一首诗：

二月兰的情殇

——致兰花

走在二月兰夹道的小径，
疾风穿越了千年的疼痛。
残云片片飞舞着哀伤，
裹挟着无处可归的绝望。

今世只为还春一个夙愿，
细细碎碎说上一春的情话
无奈风刀雨剑，
匆匆谢幕了下一季的誓言。

好一个“二月兰的情殇”，难道真有人能够透视自己的从前？我有些惊悚，直直地盯着电脑屏幕，眼睛里却只看到二月兰的花开花谢，片片凋零的场景，不禁泪雨纷落。我想起了那个自己暗恋了六年的人，想起了他挽着恋人的手臂昂着头从自己身边走过的得意，想起了自己为了祭奠这份感情死死地守了五年的哀怨……这是什么？这不就是落叶说的“二月兰的情殇”？

我敲键盘的手有些哆嗦，电脑屏幕上逐字跳出了一行文字：“还是喜欢，无端的喜欢。”我一点“发送”，不一会儿，落叶就回复一条信息：“你会宠坏我的孤独与骄傲的。”后面还跟着一个“吐舌头”的调皮图示，一脸的狡黠与可爱。我不禁“扑哧”笑了起来，是含着眼泪的笑，是破涕而笑，笑过，有一种说不出的轻松感。我居然笑了，发自内心的笑，这似乎是很久没有过的体验。

我发过去一句疑问："这些是你早就写好的吗？"

"不是，看到你的头像和名字，特意给你写的。很自然地写出来就立马发给你了。"

我又好奇地问他："你是什么时候进到这里来的，你应该很活跃吧？"

落叶立刻回复我说："我也是才被一个文学朋友拉进来的，没多久就遇到了你，这也许就是缘分。无缘对面不相识，有缘千里来相会。哈哈。"

我的心一动，有一股暖流涌动起来。也许是吧，人与人的相遇就是一种缘分，不然芸芸众生，为何就遇到了彼此，知道了名字？

"你为什么叫落叶，看起来有点悲观？"我突然就问出了最直接的心里话。

"哦，你是第一个在意我网名的人哟，说明你也是一个感情细腻的人。我喜欢秋天远远胜过人人都欢喜的春天。秋天有诗意，高远的蓝天，洁白无瑕的云朵，还有铺满地面的落叶，还有秋收的喜悦，各种瓜果成熟，稻谷金黄，玉米饱满，美丽得就如一幅真实的凡•高眼里的油画。"

落叶的回复，让我满意，没有一丝造作的成分，我能感受到一颗孤独又深沉的心灵。我还是好奇地问："你是做什么的，是专业作家吗？"

"不是啦。"他很快就回复过来，"我是一名职业驾驶员，现在跑南京到上海的专线，就是跑物流的。我现在是在网吧里上网，想不到遇到了你这一朵兰花。”他说完又反问了一句，“你是做什么的呢？”

我故意卖了一个关子说：“你猜，给你三次机会，猜对了有奖。”

落叶顿了顿，发过来两个字，“老师”。我心里一惊，这个人，难道是认识我的？在虚拟的网络世界，真真假假难以分辨，这些年，关于网恋暴露出的悲剧、喜剧、闹剧真的是层出不穷，所以我一直都没有在网络上去认识任何一个陌生的人。

“你怎么不说话，花花？”落叶有点急不可待地等待我的确认。

我只是发了一个坏笑的表情过去，说了一声“我下了”，然后退出了QQ。我心里七上八下的，像有人在敲打着激烈的鼓，若有所失，又期盼着什么来临。一看床头的闹钟，哦，天，已经是凌晨一点十五分。这是我第一次，忘了时间的流逝。

十

时间似乎过得不再那么漫长，夜晚也似乎有了温度，不再寂寥和孤单。在网络里，我竟然有了一丝依恋和依靠。

我和落叶终于熬不过约定俗成地要了对方的电话号码，然后开始了无拘无束的交流。在我人生四十岁的时候，我竟然会坠入爱河、掉进情网，成了一只飞蛾。

每当落叶八点半从南京出发，一路驶向苏州、上海，我们就这样一路聊着，聊着，笑着，哭着，也幸福着。通常是我的电话停机了才结束了通话，第二天充足话费再继续和他说着情话。那几个月，我的话费从原来的五十元迅猛地涨到五百元、七百元、九百元。可是我却没有一点儿心疼，没有要克制的后悔。

在漫长又短暂的整夜聊天里，我了解了落叶的身世。他曾经背井离乡，父亲在他七岁时候就客死他乡。

为了安慰年迈的母亲，为了自己的姐姐不再担心，为了证实自己不会一辈子打光棍，他匆匆和一个对自己有好感的女孩结了婚。他有苦难的童年，少年时不幸的遭遇和坚强的性格让他拥有了满身的技艺，先是建筑工地上的瓦工，再到饭店里的厨师。因为他发表了很多作品，凭着那些报纸杂志作为敲门砖，进入民工学校做老师。后来，他在校长的建议下，暑期里考了驾照，现在竟然成为专职驾驶员，黑天白夜地奔驰在国道和高速上。

最不可思议的是，他在这样的间歇里，还在阅读和写作，不断发表着诗歌和散文。这是一个怎样的灵魂？我常这样思索着问自己。

这是一个夏季末的星期天上午，雨下得很大，风也刮得很猛烈。我担心落叶的安全，没有提前发信息问他到哪儿就拨通了他的手机，想不到对面传来的是他的哽咽声，渐渐地变成号啕大哭。我的心一阵紧张，知道他遇到什么事了，不然那么坚强的一个男人，怎么会哭得这样绝望。

我们没有说话，我知道这样的时候，只有默默地倾听他的哭泣，多一句话都是打扰和不恭，唯有陪伴才是最真诚的理解。

落叶终于慢慢停止了哭泣，我这才问了一句："请告诉我，怎么才能帮你？"

"你帮不上的，我的红颜。"落叶挂了我的电话，用微信发来这句话。我焦急地回复："我们不是知己吗？为什么这时候还不麻烦我？我不能立刻赶到现场，可是，我总可以力所能及地帮你一把。需要钱吗？我可以转账。"

落叶在这时，发来一段视频，在空荡荡的路旁，落满厚厚的鲜艳的花瓣，被风卷上天空，像红色的雨。没有事故现场。

我不知道发生了什么，在微信上再次问落叶："你怎么了？说！！！！"

"今天没有装货，也知道你难得有一个休息天，就没有联系你，想让你好好休息，而且你昨晚一路陪我聊天到凌晨三点多。我就一个人出来走走，开了一夜的车，却不感到累。当我走到这段种满野玫瑰的绿化带路口，突然就起风了，然后就下起了大雨，我看到一朵一朵花凋谢，它们的春天结束了，可是它们曾经美丽过这个世界。它们好像都是我的姐妹，是我前世的情人，我舍不得它们走得那么快，我想用我的泪水给它们送行，可是我一个人的泪水太单薄了，不能成为一条洁净的河流，让它们顺着河流漂向天尽头。”

哦，天——

一瞬间，我的眼睛就模糊了！一个男人，在司空见惯的自然风雨中，在自然法则里，花开花落是最平常不过的现象，他居然会为此痛哭流涕，这是一颗怎样细腻又敏感的心？我真的是前世修来的缘分与他相逢了，不怪我的名字叫兰花，而他的名字叫落叶，也许这真的是上苍最好的安排。

我再次拨通落叶的电话，用不容置疑，又是严肃的口吻命令他，赶紧找个吃早点的地方，吃碗面条，然后上车休息，要懂得爱惜自己，才能有能力去爱别人。

落叶这才像个孩子一样笑起来，说："好的，我要更加珍惜我们的相遇。我爱你！"

就如一股电流，从遥远的姑苏穿进我的心里。他终于说出了我似乎期待已久的三个字：我爱你！多么熟悉又陌生的一个短语！

十一

三天过去了，我除了上课回去，给儿子打电话问一下他的学校和生活之后，就把手机关了。我在最后一个信息给落叶时告诉他，这样下去很危险，让我们都冷静冷静。我们都是有家庭的人，男人更是需要责任。虽然在漫长的每一个夜晚的聊天里，我知道了落叶已经有了两个孩子，可是并不快乐。

落叶是一个漂泊不定的人，很小的时候，父亲就死了，而且是背井离乡以后。他的童年和少年时代都是不幸的，除了和我一样的都是出身农民家庭，他连读书的学费都是自己在暑假里出去做零工挣来的，初中的时候就开始了真正的当家做主，知道如何耕地、播种、施肥、锄草，学会了收割、挑担、打麦。他是一个少年老成的孩子。

每个早晨打开手机，都会收到落叶满满的问候、深情的表白、焦急的追问。我还是忍住没有回复。我想让我们彼此冷静一下，也要证实彼此在心里的分量究竟有多重。我想，毕竟是网络里的爱情，这样的爱情到底有多纯粹，能坚持多久呢？唯一能考验出真实的就是时间。

第七天，我刚起床，打开手机，就一下跳出两条信息。

兰花，我知道你不相信网络上的真情，今天是双休日，我在来你县城的车上。无论你来或者不来见我，我就在这里，不远也不近，不离不弃。

兰花，如果超过上午十点你不回消息，我就买回程车票，从此再也不会打扰你。让我们回到从前的陌生，回到彼此的孤独和寂寞里虚度光阴。

我的心一颤，似乎没有犹豫就抬手回复了："我去车站接你。"

"好啊，如果你来了，我们不打电话，你在出口处，等我，如果我们能一眼认出对方，就是真的有缘。”

我没有问他什么时候可以到达，一切听从时间的安排。我骑着摩托车就来到车站，站在出口处。我其实知道那一班车很快就要到了。

十分钟后，一辆从南京过来的大巴驶进入口。车门打开，人如洪流一般泻了出来，最后，一个中等身材、体格健硕、头戴棒球帽的男人，手里拿着一本杂志，不紧不慢地下了车，我知道他一定就是落叶。我没有走过去，看他能否在接站的人群里认出我，看看彼此是否真的心有灵犀。

落叶走到了我的面前，露出洁白如玉的牙齿，笑容满面地喊了一声：“兰花，谢谢你在这里等我。”

我们似乎没有那份陌生，就如早已认识了很多年，只是今天再次重逢。

“我们去吃饭吧，我请你，不许你说任何客套话，你来是客。”听我说完，落叶温和地笑笑说，客随主便。

我们穿过车站的马路，来到工商银行旁边一家餐馆坐下来，我没有问落叶喜欢吃什么，我想凭我对他的感觉去猜测他喜欢吃的菜肴。我点了一个回锅肉、一个鱼香肉丝、一个青菜豆腐、一个西红柿鸡蛋汤。

在等待上菜的时间，他没有说话，一直就那么看着我，满眼都是亮光。

菜上来了，我问落叶，喝点什么吗？他一笑，有点渴了，来瓶冰镇啤酒可以吗？我对他笑笑，只是点头不语。他一转身，对服务员说，来一瓶啤酒、一杯冰的椰子汁。

落叶接过服务员手上的啤酒和饮料，先把椰子汁打开，给我的杯子倒了一半，这才打开啤酒自己满上，然后端起来望着我说："兰草，来，为我们的相逢干杯！"他伸出手和我碰了一下就抑头一口气喝干了杯子里的啤酒。

我也抿了一口，似乎还在做一个女人特有的矜持，害怕他看出我内心深处的那份炽热和惊喜。从他喝酒的状态就可以看出这是一个心无芥蒂、直爽温和型的男人——是我喜爱类型的男人！一想到喜爱，我的脸就开始发烫，抽出纸巾赶紧低下头来，不敢再看他。

落叶调转筷头，给我夹了一块精致的瘦肉说："吃吧，我真饿了。"我的心里一颤，这么多年了，从来没有人会给我夹一次菜，就算记忆中的母亲和父亲也没有。我细细地品味着落叶夹给我的菜，就像珍惜着第一次吃上了龙肝凤胆一样，心里全是感动和甜蜜。这是一个细心有爱心的男人，一定是老天给我最好的奖赏，让我在这么多年的等待中获得了回报和安慰。

落叶简直就是一只从荒原而来的饿狼，狼吞虎咽地吃了两大碗饭，然后望着我一笑说，不能再吃了，越是饿，越要懂得节制，就像越是口渴的时候越不能猛烈喝水一样。

原来，落叶还是一个懂得饮食与保健的男人，是一个会生活的人，我在心里更加喜欢了。

街外，骄阳似火，蝉鸣异常得响亮。接下来，我不知道去哪里，该做什么，就那样望着落叶，成了一个没有方向和主见的孩子。

落叶站起来对我说："你等我一会儿，我去下洗手间，你注意信息。"我微笑着点点头，慢慢喝着椰子汁，心里有一种失落，也有一种期盼，说不出来的滋味。

五分钟不到，手机来了一条信息："马路对面的格林豪泰快捷酒店 520 房间，等你！"

我犹豫了半天，最后还是挪动身子，喊了声："老板，买单。"老板娘没有走过来，笑着告诉我，刚才那个男人已经在进来的时候就把钱付过了，还多几块钱，给你。

我接过零钱，感觉这些钱就是落叶的手一样，我紧紧握着，在我手里散发出温和的气息。

我踌躇不决地上到五楼，站在 520 房间门口，抬手敲门。落叶听到了我的到来，在里面说："门没锁，我在洗澡。"

我刚进去，落叶就围着浴巾出来了。我低下头，坐到靠近窗口的椅子上，不敢看向他。这是第一次和除自己的男人外另外一个男人这么近距离地相处，心里扑腾得很厉害，脸上有点热辣辣的感觉。

落叶走到我的身边，突然就弯下腰，双手放在我的肩膀上。我感觉到他手上的温度，很烫，就像一把烧红了的烙铁焊接到我的身上。我一阵颤抖，还是不敢抬头。

"兰花。"落叶从我背后拥抱住了我。

我的身体本能地一阵避让，可是被他的双手紧紧地捆住了。我知道，今天逃脱不了他的俘虏。

趁落叶睡着，我悄悄地起身，冲洗了一下就来到街上，给落叶买了一款最新的 OPPO 音乐手机，一台联想笔记本电脑，我还给他买了一个菲利普电动剃须刀，让他在旅途中把自己收拾得清清爽爽。我要让这些东西陪伴着他，他看到这些东西就如同看到我一样，他就不会把我忘记。

我知道他需要这些，在漫长的夜行路上可以听音乐，可以拍一路风景，然后在等待卸货和装货的空隙里用电脑写作。这是我力所能及的事，对我而言，不是难事。我们在这几年里，首付买了两套房子，出租了出去，加上我们三份工资，这些都由我掌控着，我不担心远在边疆的男人会对我如何，他早就没有把钱放在心上，他的心里只有学生、书本和作业，所以我可以任意支配这些资源，为我爱的人。

十二

当落叶醒来，发现我不在，即刻给我打来电话，问我怎么不辞而别，是不是他做错了什么。我说马上到，出去办了点事，也好让你睡得踏实一点。我知道，你开了一夜的车，又坐车来这里，一定很困。

我们一边聊，我一边进入房间，然后把手机盒子捧在他的面前说：“送你的见面礼物，请笑纳。”

落叶的笑容僵持住了，半天没有回答，也没有伸出手来接住我的馈赠。

“你怎么了？”我问他。

“你这样，我用什么来回报你呢？我是两手空空来的，没有想到什么见面礼，对不起。当时就是想来看你，其他一切都忘了。”

“傻瓜。”我伸出手，在他额头上点了一下，“你就是送我的最贵重的礼物，比什么都重要，真的！”

落叶这才一把将我拥抱着，用他浓厚的胡茬扎上我的脸庞，我们又一次跳进大海遨游，一直游向深处……

相聚总是那么短暂，离别的时刻还是这么快就来了。落叶买了回程票的时间就要到了，我们不得不就此别过。我的泪水一下子就涌出来，在他面前没有一点掩饰，我的泪水其实就说明了一切。

落叶紧紧拥抱着我说：“别这样，兰草，我们还会见面的，只要到上海赶到双休，都要隔一天才装货返程的。这时候，我就可以来看你。相信，我们比牛郎织女还要幸运！”

我用摩托车带着落叶驶向车站，一路上落叶在身后紧紧地拥抱着我，让我有了依靠的感觉。好希望这条路再长一些，长得没有尽头该有多好！

当落叶上了车，向我挥手的时候，我再一次泪流满面，世界一片模糊不清。

一低头，手机短信就进来了。是落叶的信息，一首诗进入我的视线：

思念从分离那一刻开始滋生

——致兰草

我匆匆地来，
只为千年的相遇。
相聚之后，
却是分离，
忧伤被拉得更长。

现在只会变成明日的回忆。
分离让我的思念更加刻骨，
我会永远记录在生命的扉页。
纵然天荒地老，
我的爱恋也会日日更新……

我默默地凝视着这些文字，泪水再一次涌出来。最后一句就如同一股清泉流进我的心里："我的爱恋会日日更新……"多么别有新意的诗句。

我怀着一份感激而幸福的情感，也给落叶回复一首稚嫩的诗过去：

我要的爱情

——写给落叶

我愿意用一条河，
换一壶老酒，
只为在寂寞时对影自翩跹。

我愿意用一个春天，
交换一树花开，
只为忧伤时花谢伴泪飞。

我要用所有的真情，
换你的爽朗一笑，
让我在思念你的时候不再泪流成河。

我愿意失去一切，
都不愿失去爱你的执着，
不能相濡以沫就要相忘于江湖。

很久很久，落叶都没有回复我，可能是他睡了，晚上还要开车回南京。我也没再发信息，让他好好休息才是对他最好的呵护。

十三

为了不让落叶为我劳累奔波，我在课余时间去考了驾照，急匆匆地告诉了还在支教的男人，我要买车。我说我可以开车去看你和儿子，不用挤火车受罪十几个小时。男人只能默许，也许他知道反对无效，说了也是白说，只好听之任之。

只有我自己知道，我买车是为了谁。当我第一时间告诉落叶我要买车的时候，他居然没有鼓励也没有打击我，说你自己喜欢就好。

我告诉他，我喜欢悦达起亚的新款智跑，白色的，很大气，我们这里很多人都开这一款，所以我看着也心痒痒地想买这一款。

我一个人去看车，一个人去首付，然后拿了钥匙，终于把车开进了学校。同事们一起来祝贺，我接待完之后，就在一个周末来临之际，独自开往南京。虽然我知道，实习期不能上高速，可是我就想和自己赌一把，也许幸运就降临在我的身上，交警不会为难一个刚出门的女司机的吧。

我不想这样委屈自己，我想要属于我的生活。

当我来到南京，给落叶打电话告诉他的时候，他半天没有反应过来，还不相信地问我："你真来了吗？开玩笑吧？才几天你就敢跑这么远的路程，你疯了吗？"

落叶还是来接我了，他开着一辆老旧的金城摩托车在绕城出口等到我后，把我带到了板桥镇的宾馆住了下来。

在两天的相聚里，我就如同一个吸血的女巫，把落叶牢牢地捆绑在我身边。我说："假如我要买你可以吗？我会在乡下给你买一栋房子，让你好好写作，不要再这样为了生活而奔波劳累。"我半真半假地说，"让我和你夫人谈判吧，我也许可以出五十万把你买走，让你永远属于我。"

落叶这时候居然显得沉默而拘谨，在我身边安静得像个听话的学生。

只有被我问到无法逃避的时候，落叶才搂着我说："兰草，你要知道，人，有时候不能过于自私，我们更多的不是为自己而活。你看，你的男人有癫痫症，随时可能会病发出事；更何况，你的儿子还在成长的叛逆期，有可能成为社会的问题少年。而我，你也知道，女儿即将高考，儿子年幼，无论是你还是我，都不能在哪个家庭里或缺。所以，真的，真正的爱情，不只是两个人的幸福。你也看到了，如今离婚和结婚一样自由自在，很多今天合了，也许明天就离了。更何况半路夫妻，有谁的结果是幸福的呢？也许，头两年我们可以在一起快乐幸福地生活，可是，五年或者八年能吗？假如，有一天，当你知道生病的男人突然无人照顾，你能坐视不理吗？无论如何，他毕竟是孩子的父亲。还有，当你看到自己的儿子因为家庭破裂导致不良后果，不走正路，或者有一天，因为缺少父母的关爱而破罐破摔锒铛入狱，你能幸福吗？"

我听着落叶的呢喃细语，就仿佛身处阳春三月的原野，有温暖，也有春寒料峭的寒冷。也许是吧，鱼和熊掌不可兼得。也许，人生就是这样，才有所谓的幸福和悲伤。人生不如意之事十有八九，这是哪位名人说过的，我忘了。很多时候，只能自己安慰自己，很多事不能强求。一切都是最好的安排，就如同我们的相遇，也如同我们眼前的离别在即。

十三

激情澎湃的时光一去不复返。我和落叶就这样，分分合合。他更多的是鼓励我利用业余时间多看书、写作。他说，作为一个高中的语文老师，总是教导学生要写好作文。如果自己也开始写作，而且所有收获，不论是在学生面前，还是给自己都有一份交代。

在落叶的引导和鼓励下，我真的就开始了写作。毕竟，这么多年，我还是写了很多日记，文笔相对来说还是可以的。

我把写好的文章在微信上发给落叶看，他一个劲儿说："写得太好了，你有写作的天赋和潜能，我给你润色和推荐，一定可以发表的。"

真没想到，我第一篇文章发表的时候，是办公室的同事告诉我的，还搜索了网址给我看。我虽然心里激动万分，还是装作冷静的样子说，我只是写着玩的，也许是碰巧了吧。

后来，我的散文接二连三地发表在《新民晚报》，又被《青年文摘》转发，一时间，我成了学校里的才女，学生们追着要我的文章读，校长也经常在会上点名表扬我。我竟然成了一个人人喜欢的香饽饽。

突然就接到了男人的电话，说支教时间就要结束了，儿子也完成了中考，可能还是要转回本地读高中。这时候，我才忽然发现，落叶好久没有联系我了。

我在夜晚来临的时候，打开邮箱，看到了落叶给我发的一封短短的邮件。

> 兰草，天下没有不散的筵席，我们该散了。好聚好散，才是最好的结局。你要好好对待你的男人和孩子。我终究不属于你，你也不属于我。我会永远记得你，还有你送我的手机、电脑、剃须刀，即使不能再用，我也会保存着，就如保存着我们曾经的所有际遇。你说过，假如不能相濡以沫，还不如就这样相忘于江湖。这才是我们感情的最好的归属。

一行泪，不知道什么时候，已经流到了脸上，就像一道寒流进入心底。人世间，没有什么是可以永恒不变的，即使是真正的爱情，在现实面前，也是不堪一击的，脆弱得宛如阳光下的雪花。

我就是这样的一个人，爱与不爱，都要一个仪式，不然，放在心里无法释怀，伤痛的只有自己。

我把所有写有落叶的文字打包，用皮质白膜包扎好，在一个满月的夜晚，拿着一把铁铲，来到院子里的转角处，默默地掏出一个深坑，把厚厚的十本日记本放进去，然后再默默地敷上泥土。我把这些埋葬了，也许就可以把所有的往事深藏在记忆里。

我在泪光莹莹中，抬头看见月亮，清晖的光晕逐渐暗淡，慢慢往西边滑落。

探　亲

一

终于让我遇着了这一天，陪着七十岁的老母亲，一起回四川老家探亲。

记不清了，我是从哪年就开始应允母亲，带她回娘家。因为工作，因为生活，因为事情可轻可重，可行可拖，便一直到了今天。

我们全家是从四川迁徙到安徽定居的。几千里路，跋山涉水，颠沛流离。

此次回家，原因有四：其一，是最直接的目的，送阔别家乡二十多年的老母省亲。其二，为了已近而立之年的六弟找个媳妇。他是个不善言辞、不善交际的人，尽管我们几个做哥姐的帮他物色了几个女孩，但都因为他的木讷而告吹。我想托老家的舅娘，在附近寻找一位可靠而又诚实本分的姑娘。其三，父亲是位英雄，曾在朝鲜和美国大兵以死相拼，遍体鳞伤，死里逃生，最终带回一枚闪闪发光的军功章，可惜已然遗失。父亲复员后，也只是一个与别人没有什么两样的农民。光阴似箭，物是人非，许多事情就注定成为悬案了。父亲早已西归，任何寻觅已经没有什么意义，可作为人子，了解一些自己父亲的历史，总是可以理解的。其四，寻根。在我很小的时候，一直到如今，都常常重复着同样一个梦境：时常在外出的时候，找不到回家的方向和路，然后在哭泣中惊醒。因为我生在四川，长在安徽，工作后又居无定所，不知道自己最终的归宿。

以上原由，促成了今日西行，但愿有所收获，不致两手空空而归！

二

直到跨出家门，我才突然明白，母亲早就准备着了：满满一大包东西，无非也就是一些平时舍不得穿的好衣裳、布料；十几双大小不一的千层底布鞋，那是母亲在寂寞而又漫长的不眠之夜，一针一线积累的成果。她在心底已经算好要送给哪位长者和晚辈了。她说，这么多年没有回去了，总不能空着手见那些来看自己的亲人吧？现在生活好了，还有谁稀罕那几个钱呢……

上午八点多钟，我买到了从合肥到成都的联票。

从候车室门口的指示牌上，我看到了本次列车经过的所有站名：水家湖、淮南、颍上、阜阳、亳州、商丘、兰考、郑州、洛阳、开封、渑池、三门峡、灵宝、华山、渭南、西安、蔡家坡、宝鸡、秦岭、凤州、略阳、阳平关、广元、江油、绵阳、德阳、成都，总共27个站点，行程35个小时。其中的许多站名，都是我在阅读中熟悉和向往的地方。比如，商丘、洛阳、开封、渑池、三门峡、华山、西安、秦岭、阳平关。商丘、洛阳、开封、渑池、西安、阳平关是历史文化名城，我曾阅读过相关的诗文；三门峡、华山、秦岭是旅游胜地。其中华山是我看了金庸的武侠名作《射雕英雄传之华山论剑》才熟悉的。

时间是在我们的艰难守望中逝去的。我和母亲终于登上了合肥开往成都的火车，于第三日上午八点钟到达终点站——成都。

出了车站检票口，我就给舅舅家挂了电话，告诉他们我与母亲的行程。接电话的舅妈告诉我说，舅舅和老表在成都打工，她说马上打电话让舅舅到车站来接我们。

我很想和舅舅、老表联系上，可巧手机没电了。我只听见舅妈让我们在出站口等舅舅，我抽空又去买了两张成都到登瀛崖的车票。从上午八点等到下午五点也没有等到舅舅的到来，我和母亲只好再次进入候车室，准备坐一天只有一次到登瀛崖小镇的慢车。

就在临近开车时，我看见一个人急慌慌地奔过来，他一把抓住母亲的手，狠狠地摇了两下说："姐姐呀，你让我好找哟。"我居然看到母亲显示出惊慌的神色。我一眼就看出了来人与母亲一个模样的面孔，赶紧对母亲说："妈，这是小舅舅，你都认不出了吗？"母亲这才握着舅舅的手，泪水瞬间就模糊了眼睛。我看见舅舅拔腿就往外走，边走边对我说："老表还在外面等我们的消息。"我也紧跟着到外面见到了老表，他说工地上走不脱，过几天就回家，舅舅和我们一起回去，车票买过了。说着就把一张车票塞到舅舅手里，并催我们快进站，车要开了。我们就那样坐上了火车，晚上九点十分才到达我们下车的这个小站，然后步行到码头坐船过江。大老表已经打着手电筒在岸边等我们了。又走了三里多弯曲的山路，终于进了舅舅家的门。舅妈早就在桌子上摆好了热气腾腾的饭菜。舅舅说："天暗了（晚了），就不吃酒了，你们路途远，空腹不能喝酒。"舅舅望着我笑了，开玩笑地说，明天清早早点起来去赶场，家里没得啥子菜吃了，外甥天遥地远地回来一趟，不能得罪咯。

三

天还没有完全亮，舅舅家的大公鸡就吵醒了我，舅舅也在此时推开了我的房门。昨晚说好了，要去赶集。

小舅幽默地问我，是走路还是坐船？如果我出钱就坐船，平时很少坐船，都是走去的。我也开玩笑地对小舅说："只要你不心疼我花费来回 5 块大钱的船票就谢天谢地了。”我们哈哈大笑着走出了家门。

刚出村庄，路上就聚集了三三两两的山民，摆着龙门阵，走了两里多山路，来到了坐船的码头。从地图上可以找到眼前这条川流不息的河叫沱江，是长江的一个支流，距离我们要去的甘露镇二十多里水路，单程票价 2.5 元钱一个人。当我们刚站到码头的渡口时，从下游开来的船，也正好停靠到了岸边。船，还是那种老式的柴油发动机驱动的乌篷船。正因为老式，所以才便宜，哪个船老板不知道山民们的家庭状况呢？这里可以耕作的田地原本就少得可怜，再加上前几年又实行了退耕还林，几乎所有的土地都在政府的鼓励下，栽植上了橘子和枇杷，因为这样，收入才大大超过了已往那种墨守成规的耕作方式。原来无非是种些玉米、山芋、花生、高粱、豌豆等农副产品。山民们没有几个人舍得花几块钱来坐在船上悠哉，倒不如省下来买两包盐或一盒廉价的卷烟来得实在，况且，平时都是那么走过来的。虽然现在生活改善了许多，但是长期形成的生活习惯已然难以改变了，坐船的几乎是清一色的年轻姑娘和小伙子。

我屹立船头，放眼两岸，青山如黛，脚下是湍急的河水。因为去时是逆流而上，所以柴油发动机的马达声狠命地吼叫着，震撼着传向远方，不一会儿又荡来回音。人们坐在船舱里的长条凳或自己带的背篓上，与自己熟悉或亲近的人聚集在一起有说有笑，打着扑克，讨论着今年橘子或枇杷的收成。刚会走路的儿郎或女娃在船舱或甲板上乱串着、追逐着、嬉笑着。岸边有高矮不等的山峦，有新架起的电信塔，走在山腰中的人，在船上看去，会让人油然想起小学三年级语文课本第六册第一课《燕子》的情节，路和电线犹如五线谱，行走其间的人则成了一个个移动的音符。

没有想到，我头一回坐船，居然没有头晕呕吐。

一个多小时的行程就到达了甘露镇。听到这个名字时，我很想知道它与《三国演义》中那个甘露寺有什么渊源没有。但我无法考证，也没有时间取证，权当一个美好的遐想吧。

码头上，已经有了从别处赶场而来停泊着的帆船，一条紧挨着一条，船头上都标有各自起始的时间和地点。船家说了回去的时间，也去购物了，我们登上高陡的码头石阶，就是街市了。

我跟在舅舅身后，提着舅舅买来的东西，一个大大的背篓都塞满了，我的手上还是多出了一只土鸡和半口袋食品。我可着劲地央求舅舅说："够了，真的够了，我拿不下了，提不动了。"舅舅只是偶尔回头，望着我，咧开嘴巴笑一下，还是自顾自地买了这样又买那样。直到我终于承受不起物品之重，傻傻地站在原地不走了，舅舅才回过身来帮我提着那只土鸡，然后走向码头的船舱。

舅舅吩咐我随便把东西放在船舱的一个位置，他把鸡随手一扔，又转身去了街上。我只好守在船上，不想舅舅回头对我喊着说："娃儿，莫来头（没有事），没有哪个会钻空子或拿错东西，都是家门口的熟人，乡里乡亲的，想那么多做啥子。”我的脸一热，觉得自己小肚鸡肠了。

我没有再跟着舅舅去，而是漫无目标地徜徉在江岸。岸边有家面馆，我要了一碗面，当面条端放到我的面前时，我浑身一哆嗦：面条上面是一层红红的辣油和一大撮辣椒酱。还没有拿起筷子，就有一股浓浓的辣味钻进鼻孔。我不由自主地一连打了四个响亮的喷嚏，许多人都把目光投向了我，我的脸隐隐发烫。店家一定不会料到，食客中有一个来自异地的回乡游子。

一口面条进嘴，我的舌头就被辣得失去了知觉，泪水如受了委屈的孩子那般，一滴一滴，掉进了自己的碗里。我想，我是第一次真正品尝了自己的泪水吧？这泪水里包含了对我这个回归故土的游子的惩罚！

我眨着眼、流着泪，坚持着把一碗正宗的川面塞进了肚里，心里像有一团烈火在燃烧、跳跃。我在别人的眼里一把鼻涕一把眼泪地吸溜着面条的样子，一定很新奇吧？宛如一个孩子不愿吃自己不喜欢的东西那样，一边哭着一边吃进去了。直到这时候，我才忽然明白：往日在别的地方吃的那些所谓的四川小面，早已像改了嫁的婆姨一样，不是原来的味道了。

我付了面钱，仅仅 2.5 元，然后又给舅舅买了四根油条和一袋豆浆。

我踱上船头，船上已经摆放着人们采购来的各种物品：甲板上，有堆得高如小山包的米袋，有喂猪的麦麸和稻糠；船舱里的长条凳子上放着各种蔬菜、水果、零食、油盐酱醋茶。小小的帆船上，俨然成了一个浓缩的集贸市场。人们还在进进出出，来来去去，川流不息。

舅舅又拿着满当当的食品回到船上，开船回程的时间到了。

一路上，船舱里欢声笑语，有人围在凳子上打扑克了。他们边打边笑着说，要把对方今天从银行里领回来的土地补助金赢光。乡亲们现在常常能领到一些国家发放的补助金，生活大大改善了，也就不像从前那样精打细算。有钱就花，家里用光了，外面打工的自然会适时地汇钱到家来的。而且，山上的橘子和枇杷，到秋天时候，又是一笔不菲的收入，有什么好担心的呢？

登上岸走在山路上，有人问我："你是哪个庄子的？"我笑着答复了，用的也是标准的四川话，居然没有人发现，我是一个来自几千里外的陌生客人。我也仿佛觉得，我原本就是他们中间的一员，只是出去了一些年，现在又回来了，因为我们都没有感到那份隔阂与陌生。

有人扯起嗓子，喊起了山歌，声音还没有落，又有人和对上了，然后同时发出一阵欢声笑语。

四

今天，舅舅陪着我和母亲走了一趟我的"衣胞之地"。

从舅舅家出门三里多路，就来到沱江边的渡口，渡过河，爬上一段半里多的陡坡，母亲和舅舅告诉我说，父亲当年就在这里工作，一边做着炊事员的工作，一边干着和工友们一样的活，就是担着从江里捞上来的砂石，攀上陡坡，倒在铁路边。有专门的会计，记着每个人的趟数，每个月底，就可以领到自己的劳动所得。多年前的小路，只是一条羊肠小径，从远处看，是一段标准的“S”型路段，上面落满了从箩筐里抛撒下来的砂和石子。

当我空着手爬到铁路上时，已累得气喘吁吁了，汗水早已经湿透了内衣，我此时才更加体验到父亲和他的工友们当年是怎样的艰辛与坚强。

再走三里路，就来到了我的老家，曾经居住的地方。多年的风雨，房屋早已荡然无存，但曾经的记忆依稀可寻：那两间常常被“秋风所破”的茅屋里，有着多少悲伤和快乐？有着多少艰辛和幸福？有着多少憧憬和失望？当我站在故居前时，我又仿佛看见了母亲忙碌的身影，仿佛又听见了鸡鸣狗吠和我们几个嗷嗷待哺的孩子的哭声和笑声。我的眼睛湿润了，面前一片模糊，一回头，我看见母亲早已泪流满面！

舅舅把我们领到另一处曾居住的地方：一块巨大的山石，像一把巨伞撑开在山脚，人就在山阴之下，搭上两间简陋的草棚，仅能遮风挡雨而已。这样的生活究竟延续了多少年？我真的不想再去惹母亲伤怀。

经过我们几次打听，终于来到了八老爷家。他是我们

"陈"姓家族中目前年龄最大的一位，也是最有见识和威望的长者。可是，他依然是孤独而且寂寞的，他的大儿子在县法院工作，两个女儿也远嫁，陪伴他的，仅是那些凌乱不语的报纸和那条见人就叫的花毛狗。当八老爷得知，我是专门来问家谱和我父亲的事迹时，他的眼里流露出赞许的神色，而且站起来，随手拿起桌边的一根树棍拄着要为我们倒茶。我慌忙站起来，跨前几步，来到香案前，提起水瓶，给老人们各倒了一杯开水。

从八老爷的嘴里，我知道了父亲的战友陈星文就住在不远处的山腰。我打算去拜访父亲的战友时，八老爷把我们陈姓的家谱拿出来抄了一份，再写了一封给他在县法院上班的儿子的短信让我带上。临走时还告诉我说，"陈"姓家族族谱辈字一共排了二十五代，现在已经排到第二十一代了，再有四代就没有辈字了，如果再不尽早延续下去，再往后第五代人，就会重复老祖宗的辈字了，这会闹笑话，也是一个家族的不幸和耻辱。所以，很多有知识有些建树的人，陆续从各处赶回来寻根问祖，得知这种情况，纷纷出谋划策，慷慨解囊，准备续谱。虽然资金已经没有问题了，族谱也拟写了出来，但这是整个陈姓家族的事情，没有人出头组织是不行的。因而，捐助的钱在十年前全部用来盖了一所急需的小学，事情不了了之。我从八老爷的话语和眼神里读出了一份深沉的无奈与担忧。

父亲的战友也老了。当我们走进他的家门时，他正仰靠在藤椅里听着广播打盹。我说明来意后，他告诉我说，他不太了解我父亲陈忠权的事情。他是我父亲复员之前介绍去朝鲜搞建设的，没有上过战场，他一到朝鲜，我父亲就复员回来了。我问他现在政府怎样安排他的，他说现在每月有六百多块钱，又说起有个和我父亲一样上过朝鲜战场的复员军人，早年在世，发起脾气来，都敢指着县长的鼻子骂娘。

我默默地听着这位曾经是父亲介绍去朝鲜的老人的话，却得不到有关父亲的一点事迹，心里有份说不出来的沉重和悲哀。陈星文叔叔最后告诉我，可以到县档案馆或武装部去问问，兴许会有点收获。

我决定明天去县城，查询有关父亲的档案。

五

我怀里揣着八老爷写给他在县法院上班的儿子的介绍信，早早地上路去等候一天只有一趟的班车。

天刚亮，车就来了，里面几乎已经满座。我挤了上去，车子一启动，人就格外拥挤，人声鼎沸，又是拐来绕去、上上下下、高高低低的山路，因而车内时而会发出一片哄闹声："你别挤我了""你踩到我的脚了""我的腰被你撞得生疼了……"

我从车上向外望去，群山连绵起伏，薄雾缭绕，宛如仙境。这是我一个从外归来的游子平时无法欣赏到的美景。阳光撒了下来，眼前豁然开朗，宽阔辽远，在崇山峻岭之间，一幢幢民房宛如镶嵌在绿荫下的宫殿。一片山峦高过一片山峦，没有尽头。在那些世世代代没有出走过的山民心里，到底是怎样构建自己的人生观和世界观的啊？！相对而言，我很向往过上一种与世无争、自由自在、淡泊名利的生活，远离俗世的喧嚣与繁杂；而山里人，肯定会期待着有朝一日，走出大山，走进城市，过上舒适的生活。这是一组矛盾而又统一的思维体系。人，就是如此代代承传下来，生生不息的吧！

我下车一问，法院不远。上到台阶，门卫告诉我，八老爷的儿子陈宗辉在七楼档案室。

我是有他办公室的电话和手机号码的，因为刚到上班时间，我就直接上到了七楼。站到档案室门外，试着敲了一下门，门居然开了，开门的人问我找哪个，我说了，原来他正是我要找的陈宗辉。

我掏出八老爷写给他的短信，他大略地看了一下，然后对我说，这儿不是我要找的档案馆，我该去的，是武装部或县历史档案馆，到那里才能查我父亲的档案。他接着就简略地告诉我去武装部的坐车路线，我刚想说句谢谢的话，又有人进来拉着他查资料去了。我见他忙，就扭身出了门。其实八老爷信上，是让他挤出点时间，领我去查询我父亲的档案的，可能是由于我们之间无缘，面生，加上他工作忙，我不好意思再说什么。

我下楼出来，一挥手，拦了一辆出租车，几分钟就来到了县武装部。我刚靠近大门，门卫就拦住我，问有啥子事情。我说明来意，他说，现在不行，武装部正在装修、搬家，所有的资料都打包成捆了，没有办法查找。要等三个月后才能查询。

我确实听到了，从门卫指给我看的大楼里，传出了刺耳的电钻声，还有灰尘从窗口里弥漫出来。我一脸的失望，我说我是趁放假时，专程从安徽来查我父亲的档案的，因为我写一本叫《英雄之后》的书要用到一些资料，我一边说一边拿出身份证和作家证。门卫看了一下，沉吟了一会儿，说，你到一楼的值班室看看有没有人，问一下情况。

我来到一楼，走到第四道门，才看见有一位军人在电脑上整理资料。我敲了一下门，他抬头看了我一眼，问，有事吗？我走进去，大概地叙述了一下来意。他同样重复了一下门卫的话。我望着他的眼睛，久久地呆呆地盯着他。也许是我极度失落的眼神让他心软了，便说：“那你随我上去看看吧，好在花名册还没有打包裹，如果花名册上有登记的名字，你父亲的档案就一定在我们这了，以后就不要去县档案馆了。”

天很热，登上七楼，我们的衣服后面已经湿了一大片。

我看到在横七竖八的铁皮柜子里，有很多已经发黄的大小不一的册子。他翻了一本又一本，不时还要抬手揩头上流下来的汗水。终于翻到了“陈”姓，然后一页一页小心地查阅着，最后在第七页的中间看到了我父亲“陈忠权”的名字。他是1957年春复员转业的，仅此而已。

军人告诉我：“花名册上只要有登记，档案肯定在武装部了，其他的要在档案资料上才有说明，但现在真的没有办法查，你自己看看，那些白帆布口袋里都是资料，怎么找？只有等做好了新的档案柜，把所有的材料摆上去才好找。这个过程大概要三个月，因为现在正在准备秋季征兵的事项。而且，我一个人是没有权利打开这些口袋的，你以后再来吧。或者，让你四川的亲戚到时候来帮你查，复印邮寄给你也可以。”

我怀着失落的心情，对军人说了几声谢谢。毕竟，我已经看出，他也尽力了。

我走出了武装部的大门，然后走向车站。我回味着八老爷说的有关父亲的传说，坐上了回乡下的班车。

六

关于父亲，我想写的实在太多太多，可又不知从何落笔。

我的父亲出生于 1932 年，在他三岁时，我爷爷就死了，具体是怎么死的，已经无法考证。父亲下面有个叔叔，也夭折了。父亲是我奶奶一手拉扯大，十六岁时，正赶上国民党拉壮丁，毫不例外，我的父亲也被拉走了。后来，父亲投诚共产党部队，参加战斗，中华人民共和国成立后，参加了抗美援朝战争，几度生死，立功，入党，于 1957 年春回国转业，与我母亲结婚生子。这是从我母亲断断续续唠叨中知道的。后来，我托四川堂叔的女儿到县人民武装部（她嫁在县城，离武装部不远）把父亲的所有资料复印邮寄给我，我才终于从这些具体的真实的材料中，感受到了父亲的气息，因为材料中，有整整两页父亲亲手写的“复员军人鉴定”文字。我从中才具体而又大略地了解了父亲的经历。

我的父亲于一九五一年六月入伍，部别：619团4连，一九五七年二月加入中国共产党，职别：司机，军衔：中士，级别：正班、上等兵；一九五六年二月受连队嘉奖和团级奖励一次，照片两次上过光荣榜；一九五七年二月二十日，经中国人民解放军5659支队军医韩鸿儒确诊为淋巴结核。简短病史：一九五四年开始颈部肿疼，时好时坏，于部队治疗过；主诉：背部腰部疼痛，有时颈项肿疼；检查结果：右侧下颌淋巴肿胀，坚韧，肿物大如鸽蛋；军人健康鉴定委员会决定：该同志患有颈部淋巴结核，目前体力尚好，可以参加劳动工作。

我默默地用目光抚摩以上和下面这些有关父亲的文字，眼前变得越来越模糊了。

父亲的自我鉴定

（1）1951年参军以来，在思想上是稳定、没有波动的。到朝鲜以后，自己在思想上只想抗美援朝、保卫祖国，完成各种任务，没有其他不正确的思想。回国以后也没有变化，思想是健康的。在1954年至1955年，有些老同志复员，自己有时联系他们，可是并没有影响任何工作和学习。在1955年评军衔时，自己感觉是上等兵，有些低，以后还是改变过来了，自己下定决心争取参加中国共产党。在这种思想的支配下，所以 1956 年的军训成绩都是良好，受到连队嘉奖和团的奖励。

（2）在工作上，自参军入朝以后，在工作上一贯没有怕高嫌低的现象，都是圆满地完成上级所交我的一切任务。每次在打地道战时，都尽到了全身力量去做；回国在沈阳营建时，是以积极的行动参加营建，如打井、挖土，都是尽了全身力量。曾在工作上因积极的肯干，相片上了两次光荣榜。到旅大市之后，工作还是同样的，只在 1955 年，有时愿意做其他工作，可是上级分配我干什么，我没有讲过条件。

（3）在担当俱乐部体育委员时，因自己体育方面不够精通，自己在学习体育方面是热心的，一心想把俱乐部的体育搞好，热情地组织大家进行体育学习。

（4）学习上是虚心钻研的，无论什么科目都保持了优秀成绩，不懂就问别人，展开互相帮助互相学习。在朝鲜时，因战斗学习时间少，可是自己对政治学习是关心的，在战斗环境中，还是坚持政治学习；回国以后，正规训练开始后，对军政文明学习是认真的，都是优秀成绩。自己对文化学习上是有显著提高的，参军前，识字很少，现在提高到“高小”以上的水平。

（5）在自己保管的车辆方面是按规定去保管的，作战时，使车辆正常保持在处于良好的战斗状态。对于国家的财产的爱护就是认真的，没有使国家财产受到损失，如有一次，因水管坏了，使水流入二楼，自己奋不顾身地去弄水管，当时手被碰破了，可是还是坚持将水管一直弄好。

（6）在团结方面，是没有和同志闹过意见和吵过嘴的。在朝鲜时，对每个同志也是团结的，经常帮助其他司机检查车辆上的伪装，换零件等，团结每个同志，共同完成了战斗运输任务。在战斗环境中，有时在夜间协助友军的驾驶员完成任务。我自从参军以来是没有和同志闹过任何意见的。另外在朝鲜时，经常是夜间行车，白天睡觉也很少，自己是没有叫过苦，都能团结每个同志完成战斗的运输任务。

陈忠权

1957 年 2 月 6 日

委员会意见：全部同意本人自我鉴定意见。

支部书记刘青山

（印章）

有关父亲的资料整整十页，这是父亲的亲笔字迹，因而录下。但关于父亲的传说，却在故乡的村落里经久不衰地流传着。在老家，几乎所有的老人提及陈忠权，没有人喊他的名字，都说“子弹壳”，仿佛，这才是他最适合的名字。最了解我父亲的，是一个现在依旧很健朗的一生没结婚的老辈子妇女，母亲告诉我，按辈分，我该喊“五姑婆”。

五姑婆说：“子弹壳从朝鲜回来不久，经常喊腰疼、背痛。我们都晓得，那是身上的伤疤因天气引起的后果。夏天，我们都能看到，你父亲身上全是黑色的，没有一块好肉。从他身上的伤疤就可以想象他挨了几多子弹，受了多少苦哟！不久，你父亲就开始发高烧，在被抬往医院的担架上，迷迷糊糊地还在挥舞着手，嘴巴里还在喊着‘打、砸’。那时，最好的医院是成都军区华西医院。你父亲在华西医院住了很久才回来。过后，就和你娘结婚了。

在朝鲜回来后，他很少说话，没有人问他，他一天都不讲一句话。还是有一天，在我屋里，我问了一些他在朝鲜战场上的事情，他才对我说，战斗打响的时候，他还充当了机枪手，三天三夜没有下火线，打得双手都麻木了。一个连的人，一眨眼，死得就剩三个人了，另外一个也在撤退时牺牲了，你父亲是眼巴巴看着，走在他前面的战友，被飞过来的炮弹削掉了脑壳。他本是要喊战友卧倒的，可是嘴巴才张开，炮弹就飞过来了。敌人搜捕时，你父亲和另一个叫鲁兴成的战友，恁把死人拉到自己的身上盖住，让敌人从自己的身上踩过去才捡回来一条命。”

父亲是个沉默寡言的人，这一点，似乎我们弟兄三个都继承了父亲的脾性，尤其是我的弟弟陈辉。

父亲的无语到底是性格使然，还是看破人生？抑或与他从朝鲜回国时写的那份“保证书”有关?

保证书

兹有二班战士陈忠权，因家有急事：爱人有病、弟兄不和闹分家，故此特作保证，申请提前回家处理家庭事。

1. 我从思想上认识到了这次回乡参加生产的重大意义。

2. 保证在回家的路上不发生任何事故。

3. 保证回家后积极地劳动，争取做个新型的守法农民。

4. 保证不找政府的麻烦和忠守政府法令。

陈忠权

2 月 10 日

父亲已经走得很远很久了，作为一个共产党员，一个经历生死考验的军人，没有居功自傲，默默无闻地走完了他短暂的一生。我为有这样的一位父亲而感到荣幸和骄傲。父亲的一生，是值得我们子女学习的。因此，在以后的创作中，我也要写出父亲的荣光和伟大!

七

半个月在寻访和闲聊中不知不觉间逝去了，是该走了。舅舅每次都要买很多的菜、很贵的酒。其实，我是知道的，舅舅的生活和经济并不是如何的宽裕，老表才修建了楼房，接着娶了媳妇，家里还欠着一笔不小的债。而且，七月的天气，是这样的炎热，我更不忍心让患有高血压和糖尿病的舅妈为我们在灶台上挥汗如雨地做饭、炒菜；还有安徽家里的妻子一再来电话催促说，别老赖在那儿不走，天热老麻烦人不好。也许，她更能体会到一个女人做家务的辛劳吧！

明天，我们就要回家了。

晚上，我们聚集一堂，坐了满满的一桌：在附近做着泥瓦工的大老表、在成都请假回来的小老表，还有他们的四个娃儿。可惜，大舅舅早过世了，只有一个大舅妈，却到成都去服侍做大手术住院了的女儿，十天半月是脱不开身，回不来的，而大舅家的几个老表远在新疆、内蒙古、广州等地打工，一时也是无法聚集的。

喝了很多的酒，说了很多的话，流了很多的泪，尤其是母亲和舅舅。是啊，亲情骨肉相连，一别就是二十几年，今此一别，又不知道何日能再聚！人生有几个二十几年。也许，这次就是永别！

我最后问了舅妈关于我弟弟陈辉的婚事——回来第二天，

母亲就已经对舅妈说了。与我想的结果一样：所有的女娃不读书就去上海、北京、深圳、广州等大城市打工了，回来的机会很少，大多数在外面安家落户了，即使有死了男人的年轻寡妇，也是没有剩余的。也就是说，基本上没有戏了。不过，舅妈还是安慰我们说，帮我们打听着，有眉目就通知我们。

明天，舅舅和老表，我们一起到成都，他们去打工，我们回家。

八

夜，很深了，也很静了，我却无法入眠。自从回到四川，我每夜睡得都是那样的香甜，没有做过一次找不到回家方向的梦，也没有再在梦境里哭醒。我不知道，回到安徽以后，会不会再重复那些曾经在梦里哭醒的夜晚。

明天就要离开自己出生的地方，想着许多人许多事：没有见过面的爷爷奶奶，连他（她）们的坟墓都无法祭拜（无法找到具体的陵墓方位），更别说自家的祖坟在何处了；还有我们“陈”姓家族的续谱一事何时能有眉目，我们的后辈们难道真要这样重复祖先的辈字吗？真的会成为一个笑话吗？

因为怕母亲过于伤心，我一直陪着她睡在一个房间的两张床上。蓦然回首间，母亲已经双手枕着头浑然沉睡，口水把前面的衣襟都湿了一片。

有多久没有在意母亲了啊？自己都无法回答！母亲一头灰

色的头发在白炽灯下显得愈发黯淡失色，往日妙语连珠、声音里能溅出花来的双唇已然皱扁下陷，身体萎缩如弓，显得那般缄默巍然，又如一棵千年老树，行将倒塌、枯竭！

母亲已近暮年，人生七十古来稀。这就是生育了六个儿女的母亲吗？时间真是一位残酷而又无情的老巫婆，在不觉中，她已经把一个年轻的女人，慢慢沧桑成了垂垂暮年的老妇。作为人子的我，如今才突然发现，岁月要把至亲的阿妈带走了啊！我就是从眼前这具躯体里生产而出的呀！

我久久地凝视着面前我的生命之源，她即将断流枯竭，永远离我而去。我突然双眼一闭，潸然泪下……

明天，天一亮，我和母亲就要回安徽了。我不知道，我们是真的回家，还是又一次去经历没有归期的漂泊……

闯红灯

一

那是一个小雨淅淅沥沥下了很多天的傍晚，老木下班回到家，发觉口袋里的香烟已经抽完了，就出了家门，向马路上走去。小店离家有一段路程，老木走在泛着青光的柏油马路上，路面很滑，不时从远处传来急刹车的声音。那时候，老木的心情很郁闷：他下岗了，加上老伴的糖尿病又加重了，还有孙子要上幼儿园，一大笔择校费要缴。这些都是老木烦心的事儿。

老木在一边走一边合计着，准备去找一份工作。当然，肯定是临时工了。虽然自己都五十好几的人了，但是身子骨还是挺硬朗的，什么活计都能干，怕就怕现在的人力市场没有自己的一席之地了。如今，大学生找不到工作都司空见惯、不足为奇了，更何况自己这样的老头子呢？社会发展得真快啊！

老木不知不觉中就踱到了城市的边缘，因为已经是傍晚时分，人迹稀少，只是偶尔飞驰过一辆庞然大物一般的渣土车。它们像一头头猛兽那样吼叫着轰鸣着从老木身边掠过，浓烈的烟尘很容易就把一个人淹没了。当尘埃落定，渣土车早就无影无踪了。

天渐渐暗淡了下来，偶尔刮过一阵清凉的晚风，路两边的树叶一片一片从树上落下来。抬首仰望，天空中，有一群大雁，一会儿排成个“一”字，一会儿排成个“人”字向南方飞去，秋天到了。老木知道应该回去了，一家子人正等着他回去吃晚饭。拆迁的事让他喜忧参半，只要跨进家门，老伴的唠叨就没完没了，让他六神无主，坐立不安。谁也不想做“钉子户”，但他实在不想从农村走进城市。单不说没有了住了一辈子的老屋，还有自己的几亩土地和两块菜园，只说城市里的环境就让他无法忍受：天空是灰蒙蒙的，吃水是化学消毒的，汽车噪音，人情淡漠，哪比得上在乡下？你看，天一亮，就能听见鸡鸣狗吠，还有那清脆悦耳的各种鸟鸣；一起床，走出屋子，就能看见红彤彤的太阳和蔚蓝的天空，就能呼吸到新鲜的空气，就能吃上自己亲手培育出来的蔬菜和瓜果。虽然是几里之隔，却是两个不同的天地。老木就这样习惯了每当夜幕降临之际，走出家门，避免一家人关于买房、补助之类的烦心事儿。

“咣当——”“哎呀——”“嘎吱——”“呜遛——”一连串的声响，传进了老木的耳朵里。他一回头，眼前的一幕让他目瞪口呆：路中心，一辆摩托车摔倒在一边，地上直挺挺地躺着男女两个人。渣土车只是一顿之后就加了油门，裹着一团雨雾从老木身边绝尘而去。此时，渣土车冲过的路灯正是红灯，那样鲜红和醒目。老木还是透过薄薄的水雾，看清了车尾后面，那个黄色牌照上的几个凌乱的数字：苏 A×××××。

老木以为，那躺在地上的两个人，可能因惯性摔倒而暂时性昏迷，很快会醒过来，然后站起，扶起摩托车，发动，再骑上车，回他们自己该去回的家。

老木迟疑了一会儿，还是转身回头，走到两个人身边。他希望马上看到，地上的其中一个立刻坐起来，然后发出哭喊和叫骂声。可是，时间足够让一些事物复苏也没有看到有一点动静。老木就蹲下身，伸出手，探向男人的鼻翼，气息全无；再移到女人鼻孔，全无气息。老木的手就开始了哆嗦，他这才看清了两个人头部下面都流了一地的血，黑黑的、浓浓的，像一摊糨糊一样凝固在一起。

男女双亡！

老木疯子一样地奔向卖香烟的小商店，迅速地拨打了 110，报了案。

老木又一次走过死者的身边时，感觉手有些冷冰冰的。傍晚的凉风渐渐大了起来，身后偶尔驰过一辆小轿车或猛兽一样的工程车，震得老木浑身颤抖。不时，会有人从车窗里探出头来，看风景一样扫上两眼，一踩油门就过去了，没有一个人停车下来问个究竟。

老木忽然觉得，自己是一个被人撞上偷窃的贼一样不安起来。他赶紧的，就真的像贼一样逃离了现场。他似乎已经隐隐地听见了警车和救护车的鸣叫声，而且越来越近。

二

第二天的早新闻就报道了昨天的交通事故，包括广播、电视和报纸。

老木还是通过早上的电视，看到了死者的家属到现场的画面：一对很老了的夫妇，头发都白了，抱着一名大概两三岁的孩子；孩子刚会喊爸爸妈妈，哭喊着，用手拉扯着地上的死者；老太太呼天抢地地哭喊着，“我的儿子啊，我的孩子，你丢下我们几个老小咋办啊——”然后一歪，也失去了知觉，倒在了地上；老爷子一手抱着孙子，一手扯着老伴，说不出一句话，目光呆滞。

现场记者说，肇事司机没有报案，也没有留下任何可以查询的线索，这样的行为是不人道的。加上雨天，给破案工作带来很大难度，希望目击者也就是报案者站出来提供线索，尽早破案，给死者家属一个交代。要警方很快出台了奖励提供线索人，也就是目击者出庭作证的方案和奖励数额：五万元人民币。

记者还没有说完，老木就赶紧走过去把电视关了，因为，他听见老伴从菜园回来推开院门的声音。老伴回来看到老木一脸的阴郁，就问：“老木，你咋了？脸色那么难看，是不是不舒服，要不咱去医院看看？”

老木就像做贼时被人逮了个正着一样，满脸的尴尬。听了老伴关切的询问，老木赶紧摇头说：“不去，我没有哪不舒服，刚才看到电视上一个新闻，有些生气，就关了，你别瞎掺和了。”

老木不想让老伴知道自己的心事。老太婆嘴碎，只要一听见什么事，就满大街地宣传。他不知道这件事最终的结果会是什么样子，虽然那笔奖金有些诱人，但其背后的利害关系，还不是他老木所能看穿的。就算不是为了那笔不菲的奖金，就是冲着受害家属，冲着人道主义精神，何况还有那个两三岁的孩子，于情于理都有不可推卸的责任和义务站出来说句公道话。老木还是担心自己的眼睛会不会看花了，会不会把肇事司机的车牌号码看错了。只要错了一个数字，出庭作证就等于把自己推上了审判台，那就构成了诬告，成了诽谤罪，到时自己可怎么下台，自己的老脸就丢大了。还是等等再说吧，但愿警方能尽快破案，那是最好不过的结局。自己家的事情就够烦心的了，再卷进车祸里，再把自己的老毛病折腾复发了就不好收拾了，别到时候落了个“赔了夫人又折兵”的结局。

老伴打开电视，坐在沙发上开始剥毛豆。早新闻还没有结束，记者正在采访交警大队的大队长。大队长又重复了刑警队的破案进度和奖励细则，再次回放了车祸现场。最后，记者和交警都激励目击者能站出来提供线索，而且还把奖励说成是小事，最重要的，是人道主义精神，相信每个有一点良知、有同情心的人，都会站出来的。不说别的，只看在那名三岁大的孩子分上，看在可恶的肇事司机不负责任的行为上，都该站出来，把这件交通事故早日结案。然后是孩子的爷爷和奶奶的哭诉和乞求，对着电视机前的观众鞠躬，甚至下跪。这些场面就似一记又一记重锤，狠狠地敲砸在老木的头顶和心上。老木感觉到有些胸闷，呼吸变得急促和艰难起来。老伴一看就慌张了，赶紧扔掉手里的毛豆，扑过来搀扶着老木，又是抹胸口，又是捏手心，就差一点没有掐人中了。老伴一边忙碌着，一边急切地问：“老木，你哪不舒服，是不是犯病了，我们快去看医生吧？要不我打电话叫救护车？孩子们都上班了啊！快说呀，老木，不能说话，你就点个头呀。”

老木闭上眼睛，仰起头，抬手冲老伴摇了摇，什么话也没有说。

老伴只好把老木扶到沙发前坐下来，然后走过去把电视给关了。老伴想起刚才她买菜回来，看到老木那难看的脸色和他说的话，心里就更纳闷了：看新闻也能看犯病了？真是越老越犯浑啊。现在电视里什么奇怪的事没有呢？这样值得吗？往后，咱还能再看电视吗？老伴虽然有些生气，也只能在心里憋着了，她看见老木就倚靠在沙发上像睡着了似的，只好什么也不说，依旧坐下来剥毛豆。

三

一个淫雨霏霏的早晨，老木没有像以往那样出去溜达，只是在老伴要出去时，嘱咐她带一份《金陵晚报》回来。

八点多的时候，有人在敲门。老木开门一看，两位穿制服的警官站在门口，屋外的不远处，停着一辆警车，车顶上闪烁着红绿相间的光亮。老木的心就一紧，知道自己想躲避的事终究是躲不过去了。他只好微笑着把警察引进屋子坐下，然后为他们每人倒了杯开水就自觉地坐在沙发上，等待警察的询问。

胖一些的警官望着老木温和地笑了一下说："木大爷，我是刑警队的，叫李成仁，我旁边这位是交警大队的方正圆警官。据我们了解，那天案发时，你在附近的小商店买烟，还打了一个电话，商店家的小孩说，你打的正是报警电话110，所以我们认为您有可能就是我们要找的报案的人，也可能您就是现场目击者。"

老木无声地点了点头，沉默了一会儿，就把自己的所见叙述了一遍，但他没有说出车牌号码，因为他暂时还不敢肯定那一组至关重要的数字。交警队的方正圆警官记录着老木的陈述，不时抬头看一眼老木或刑警李警官。

李警官还是紧接着追问了一句："木大爷，您甭急，仔细想想，有没有看清楚肇事车的车牌号，这是我们破案的唯一线索了。"老木还是摇了摇头，很为难地说："我没有看清楚，当时天已经很暗了，又下着小雨，我的眼神本来就不大好使了。”

两位警官相互看了一眼。方正圆警官收好记录本，对老木说：“木大爷，您别介意啊，我们是来了解一下的，我们好不容易才找到您老人家，至少我们已经找到了报案的人，至于目击者，我们再继续找吧，你有空的话，也帮我们打听打听好吗？事故现场，相信您是看到了，惨吧。有情况与我们联系。”说着，他掏出了一张名片递给了老木，老木也就伸手接过来，揣进了衣服口袋里说：“喝口茶再走吧。”两位警察端起茶杯，象征性地抿了一口就放下了，说了声“谢谢”，走出了老木家的门。

老木望着警车闪着灯，渐渐远去了，不由地叹了一口长长的气，仿佛刚才在菜园里翻了一畦地一样累了又休息了很久时的那种轻松感。老木刚叹气完，老伴就挎着篮子进来了，放下手里的菜，把今天的《金陵晚报》扔在沙发上，望着老木紧张地问：“老木，听说警察到我们家来了，是什么事情呀？不是儿子出什么事了吧？要不是因为拆迁的事情，我们拖得太久了？”

老木本想冲她发火，但还是忍住了。女人总是喜欢胡思乱想，大惊小怪的。他淡淡地说：“是来了解前几天发生的车祸的，他们可能是查到我打电话报警的那家小店的电话号码了，然后就找到了我。是我报警的，我把事情的经过说了一遍，他们就走了。”说完，老木拿起沙发上的报纸翻阅起来。

四

晚上，儿子媳妇回来了，他们一家一边吃晚饭，一边看着新闻。

电视画面上，又是那位记者，带着兴奋的表情报道：观众朋友们，“七一二”特大交通事故案有了重大进展和突破，据交警队和刑警队透露，他们已经找到了报案人，就是距离事故现场很近的木家庄的木大爷。他是目击者，只是因为他年龄大，没有看到肇事车的车牌号，有些遗憾。我们相信，一定有人看到过这辆车的车牌号码，让我们拭目以待。我们仍将关注这起车祸，继续追踪报道。我们相信法网恢恢，疏而不漏，也希望那名驾驶员和他的家人或亲戚看到报道后，能良心发现，主动投案，争取宽大处理，否则，等待他的，将是更加严厉的处罚。

老伴望着老木笑眯眯地说：“你的大名还上电视了呢。要是你看清楚了车牌号码，你肯定就上电视台成了本城的名人了，还有那五万元奖金呢。可惜，你还是露不了这个脸，没有这个运气。”儿子媳妇也跟着起哄说：“是呀是呀，早知道，给老爸配一副老花眼镜不就成了。”

老木把筷子重重地往碗上一搁，冲着他们大声地呵斥着：“你们就知道露脸，就知道钱，你们知道这里的利害关系吗？现在什么样的人没有，搞不好，把自己的老命搭上也不一定。吃饭，别废话，我烦着呢！”

不幸被老木言中了。天一亮，老伴开门就尖叫了起来：“是哪个该死的在我家门上插了一把刀啊？上面还有字条呢！老木，你快起来看看啊！”

老木和儿子同时穿好衣服跑出来，儿子首先抢过字条念出来：“不要去作证，刀不会认人，后果自负。”十几个汉字就如一片冬日的雪花一样落在老木的脸上，冷冷的，冰浸到了心里面。老伴听完儿子的话，第一个就喊叫起来：“老木，你做了些什么事啊？警察找你，连杀人犯也来找你了，这可怎么好收场哟！我的天哪，这日子还怎么过哟！”

老木看着老伴那张欲哭无泪的脸，只能大声吼叫道：“够了，你还嫌我不够烦吗？啰唆什么！事情总会有个水落石出的时候。我都没有慌，你瞎叫唤什么！”老伴就赶紧住了口，默默地进到厨房里，做一家人的早饭去了。

老木把儿子手里的字条和匕首拿过来，回到自己的卧室，叹了口气，坐在床边呆呆地发愣。儿子此时走了进来。他看到父亲心事重重的样子，就小心翼翼地问：“爸，你有事瞒着我们吧？能不能跟我说说？两个人分担，总比一个人承受好吧？也许我也能帮你解决难题啊！”

老木抬头朝儿子望了一眼，年近四十的儿子，脸上也有了一些皱纹，夜班换白班的生活，让他比别人苍老了很多，人都说，男人四十一朵花哩。唉，都是自己没有用，没有给子女创下一份殷实的家业，否则，儿子也不会这样的劳累了。人啊，年轻的时候，不知道创业集财，到了有儿孙的时候，才知道自己的责任没有尽到，后悔莫及啊！

老木站起来，走到儿子身边，小声地说："我其实知道撞死人的那辆车的号码，当时他就从我身边开过去的，可我真不敢对警察说出来，万一他们抓不到那名开车的驾驶员，我又被暴露出来，我就会提心吊胆地过日子。我老都老了，无所谓，还有你们一家三口，特别是你儿子，还小得很，整天到处乱跑，一不留神就没了影子，万一被那个躲在暗处的驾驶员逮着了，报复我们可就惨了。现在电视上报道了那么多绑架案件，连我这个不赶时髦的老头子都知道什么叫'撕票'了。那五万块钱是小事，你们可千万别把心思放到钱上面去了啊，看紧孩子。到幼儿园接孩子时，一定要小心和谨慎，红灯千万闯不得呀！"

儿子没有想到父亲会顾虑这么多的事情，心里充满了感动和感激。但他想到电视里的那个和儿子差不多大的、没有了父母的儿童，就开口劝父亲道："爸，你该把看到的车牌号码告诉警方，让他们尽快破案，尽早抓到肇事司机。你想想看，你不说，那个轧死人的驾驶员也不主动投案，那受害家属就得不到赔偿，那么小的一个孩子谁来养育？你只想到你的孙子，你没有看到电视上那个奶奶哭得有多惨，昏迷了几次，都当众下跪了，那可是在向你下跪呀！爸，人要有良心。去吧，明天就去警察局作证，你的孙子有我和他妈妈呢，您就甭想那么多了。"

老木听了儿子的话，沉默了很久，最后长叹了一声说："你说的也是，我已经犹豫了好久。明天就去作证，把车牌号码说出来，案子就很快会了结了。那笔奖金，我是不会拿一分钱的，你们不要怨我。”

五

吃晚饭的时候，老木居然喝了一点酒，看着电视里的晚间新闻，然后把自己的想法说了出来。

老伴第一个反对说：“那不行，老木。你不要奖金我没有意见，但我也不赞成你去出庭作证，假如哪天你被人报复了，我们一家人咋办？就算撞人的车被抓了，现在有钱就能叫鬼推磨。现在哪天没有交通事故？你听说过坐牢判刑的吗？人家要是用钱打通关系，赔了钱，不坐牢，以后找到机会整治你，你能防着人家吗？”

儿子站起来反对母亲说：“妈，你也太自私了吧！假如事情发生在咱家，你不巴望着人证出庭为你作证吗？将心比心，爸也应该站出来说句公道话，那样才能对得起自己的良心。你以为爸不说出来，他心里舒坦吗？”

老伴被儿子的话呛住了，没有再说一句话，低头慢慢咀嚼着饭菜。

这时候，电视里又报道了一件骇人听闻的新闻。6 月 30 日的晚上，南京市江宁区东山镇街道的金盛路发生一起醉酒驾车的重大交通事故，事故造成三人当场身亡，两人经医院抢救无效死亡，其中一名是孕妇，另有四人受轻伤。经抽血化验，肇事司机的血液中酒精含量为每百毫升 381 毫克，而每百毫升 80 毫克就属于醉酒，显然，肇事司机属严重醉酒驾驶。

经警方调查，肇事司机张明宝，今年 43 岁，是个体施工队负责人，挂靠淮安第五建筑工程公司南京分公司，家住江宁区东山镇街道金盛路某小区。审讯过程中，张明宝交代说，30 日晚上八点一刻左右，他跟人在金盛路的一家饭店吃饭，喝了七八两白酒。饭后，他驾驶苏 ATH×××牌号黑色的别克越野轿车，由金盛路南向北行驶准备回家，车辆失控后沿途先后撞倒九名路人，撞坏六辆路边停放的轿车。

酒醒后的张明意识到自己闯了滔天大祸，面对警方的讯问，他声音发颤，两眼通红，记者注意到，他的手和腿都在不停地颤抖。张明说，自己成了"刽子手"，十分后悔，愿意尽最大努力赔偿。他说："我想想后果真的很害怕，我等于成了刽子手啊！"他说，愿意卖房、卖车，尽最大努力赔偿死者和伤者家属，同时希望广大开车人吸取他的教训，千万不要酒后驾车，防止害了自己又害他人。说完，他低下头，双手紧捂着脸，泣不成声！

老木手里的碗"当"的一声就落在了桌上，"啪"的一声，砸破了一盘菜，汤汁流到了地板上也没有人去理会了。老木眼前突然一黑，差一点栽倒，要不是扶着桌子的一角，此时可能已经躺在地上了。

儿子眼疾手快，一把就挽住了父亲说："爸，你没事吧？"

好久，老木慢慢地睁开眼睛，无力地摇了摇头，没有再说一句话，站起身，摇晃着，蹒跚着走向自己的卧室。

夜里，老木听见自己家的门被什么东西狠狠地砸了一下，发出“咣当”一声巨响，墙壁也跟着摇晃了一下，宛如地震一般，很容易让人联想到去年四川汶川的大地震。

一家子人都起来了，儿子只穿着短裤和衬衫，媳妇惊恐地站在儿子身后，双手紧紧地抓着丈夫的肩膀。老伴赶紧身傍着老木，怕他有什么异常的举动，嘴巴里开始咒骂着，哪个挨千刀的，想做什么呀，半夜三更都不得安宁！

院子的门，被一块大石头砸了一个碗口大的窟窿。儿子转身回到卧室，拿来手机拨打了 110，报了警。

十分钟左右，警车停在老木家的院门外。车上下来两位民警。他们问了谁报的警，然后就开始询问事情的始末，一边记录着，一边用相机拍摄老木家这扇被砸坏的门。最后，他们在房前屋后转了一遍，没有发现可疑的线索，就对老木一家说：“很显然，这是一种威胁和恐吓，你们以后要小心，这是对你们发出的警告，可能你们家最近得罪了什么人。对了，听说木大爷是前几天那起交通事故的报案人和目击者，有可能是犯罪嫌疑人来有意阻止你出庭作证的。不要害怕，有我们公安在，以后有什么新的情况发生，随时与我们联系。”说完，他们合上记录本，上车离开了。

老木一家人进到屋子里，坐在客厅的沙发上，没有一个人开口说话。他们只能你看我一下，我看你一眼，连平时最爱唠叨的老伴，此时，也找不到合适的话来，打破这份难熬的静默。

老木在第二天就把刑警李成仁的名片拿出来，用儿子的手机拨通了李警官的电话，然后一字一顿地说出了肇事司机的车牌号码：苏A×××××。

李警官兴奋的声音从电话那边传过来："好！太好了，木大爷。我们警方感谢你，受害家属也会非常感谢你！你是个好人，好人啊！善有善报，恶有恶报的，木大爷。对了，别忘了到时候拿着您的有效证件到我这来领奖金呀！"

老木什么话也没有再说，只是给对方留下了一长串重重的叹息声就挂断了电话。虽然他感觉心里那块悬着的大石头终于落了地，但他还是隐约觉得事情不会那么简单就结束。昨天晚上的门被砸了一个洞，明天或后天，又不知道会发生什么。说不定哪天，自己或家人的头上也会被人莫名其妙地砸出一个洞来。

当天晚上的新闻就报道出：肇事的工程车已经被警方找到并已扣留到交警队。但是，车主说，驾驶员是外地的，事发当天，他没有像往常那样开车回来交班，而是打电话说家有急事，让夜班驾驶员到他指定的地方去接车，然后就没了音讯，他身上还有老板的一千二百元的物资款呢。

经过警方调查取证，车主说的都是事实。那么，只有到肇事司机的老家去抓人了。但到了逃犯家乡的派出所，和当地派出所的民警一起赶到逃犯家，也没有找到人，家里只有他的父母和老婆孩子。当他们听说儿子、丈夫在外面撞死了人，而且是一对夫妻时，屋子里顿时就炸开了锅：先是吃惊，然后是沉默，最后是号啕大哭，直到晕死过去，没有了声音。

所有的场面，老木都看到了，因为有记者和摄像全程跟踪。没有错，车就是老木亲眼看到的那辆渣土车，车牌真的没有记错。老木也看到了肇事司机家的状况：大抵与受害家属一样，也是一对老夫妻，一个媳妇带着一个孩子，孩子和那位没有了父母的孩子年龄相仿。

老木就一阵心痛和心酸：好端端的两个家庭就这样家破人亡、妻离子散。要是开车时，不要那样的急躁，不要去闯红灯，脚下稍微停顿一会儿，不就什么事都没有了吗？唉，这是钱诱惑着开快车，还是人的素质低造成的呢？老木在心里独自拷问自己，一时也找不到答案。

老木一夜也没有合眼，他怕再听到什么巨响的声音，但一夜相安无事。可是，老伴一早起来开了门，就发现了一封从门缝里塞进来的信。

老木戴上眼镜看信。信不长，但比上次钉在门上的字条长多了。

老木，我就是那个轧死人的司机，我知道你看到了我开的车的号码，而且已经告诉了警察。我也在旅社的电视里，看到了警察到我家去了的新闻。我不是一个胆小鬼，本来是要去投案自首的，但因为那天中午，我被拖货的货主劝说不过，喝了一杯白酒。我原本是不喝酒的，加上雨天路滑，在红灯口，我没有踩住刹车。从侧面冲过来的摩托车也太快了，事情就这样发生了。我以为他们不会有多大的事情，最多受点伤，因为我当时记得似乎是刹车了的。没有想到他们两个都死了。我有父母和孩子，他们都指望着我来养活。我如果进去了，谁来照顾我的一家老小呢？我希望你不要到法庭上去作证，我不知道后果是什么。因为我经常在你家附近，门上的字条，院子的门都是我干的，你要是把我逼急了，我还会杀人放火的。你不担心你的小孙子吗？我天天都能看到他上学和放学，我会在暗中“照顾”他的。你最好是出去躲避一段时间，我看不到你在家的身影，我也就不会再骚扰你们家了。我也会离开这个城市，当有一天，我想通了，或者能弄到一笔钱了，我会去赔偿，然后去自首的。

老木看完信，“咔咔”就把信撕了。他又气又恨，不知道是恨自己的眼睛，还是恨写信的司机。他嘴唇哆嗦着，喘着粗气，一步一步挪移到沙发上坐下来，望着门外的天空。

天空阴郁，深秋的风摇曳着院子里的树干，飒飒地，黄叶一片又一片从树上坠落下来，然后在院子的空间飞旋。偶尔会有一片树叶从门外飘进来，落到老木的脚下。老木的心里，就如此时的天空一样，乱麻一般，似乎有很多情绪在交织、纷飞。

老木连早饭也没有吃，就告诉老伴一声说：“我去拆迁办公室一趟，你准备这段时间搬家吧，抽空儿把家里收拾一下。这个家，可能不安全了。我也不想被人指鼻子、戳脊梁骨，说我想敲国家的竹杠多要拆迁费用，赖着不走。等过渡房指定下来，你们就搬走吧。什么事情，就让儿子做主，我已经老了，我想出去转转。就当我年轻时出差几天，别慌里慌张的，知道不？”

老伴眨巴着眼，看着老木，心里琢磨不透他怎么突然就开窍了：要搬家了，还要出去走走。

六

老木去到银行，取了些钱，离开了自己生活了几十年的老屋。他最后看了一眼老房子，然后走到菜地，看到一棵青菜旁边长出了一撮草，蹲下身来，慢慢地拔着，又看了看前几天才下种的菠菜地，恋恋不舍地离开了家。也许再回来时，这里已经是一片建筑工地了。

经济的快速发展推进了文明的进步，但也扼杀和摧毁了很多“诗意的栖息”！

老木孤独地来到火车站，站在售票厅，望着显示各列火车的班次和去往城市的电子大屏幕，心里不知道自己该何去何从。

长长的购票队伍终于缩短到老木的面前。

“到哪里，老人家？”售票员客气地问老木。

“随便给一张吧。”老木只好回答着。

“这么多车次和车票，我怎么给你呀？你上哪去也不知道吗？你的家人呢？”售票员还是挺有耐心的，也许是看老木年龄大了的缘故。

“啊，那你就打一张出来，第一张就是了，我是闲着没有事情，出去随便看看的。”老木红着脸给了最后的答案。

“78 元，去北京的，硬座。”一张车票从窗口里扔了出来。

老木掏出一张 100 元纸币递进去，等零钱找回来，才悻悻然地走向候车室。

时间还早得很，候车室的值班没有让老木进去，因为要在列车开前两小时进候车室。老木给儿子打了电话，说了自己要去的地方，嘱咐看好孩子，就挂了。

老木走到车站广场，面前是一个偌大的湖。湖面上飘荡着数不清的游船，是那种人工脚踩的船，很小，很灵巧，大多数是情侣或者父母陪着孩子才玩的东西；湖对面，就是高楼林立的城市，城市上空，不时掠过一架轰鸣着的飞机，还有那一片片如缩小了的棉絮一样的白云。多么熟悉的城市啊，多么亲切的地方啊！而他却要离开了，就如身边这些来往的行人一样，有多少外地人是拥进这个古老的城市来寻找生活的啊。也许他们只是来找一份工作，能生存下来，然后在年关能带一笔钱回去就知足了。可是，在这个城市里，有多少有钱的主儿在醉生梦死，有佳人、美酒和香车相伴，所以就有了连连不断的醉酒与车祸。

老木在没有边际地胡思乱想着，上车的时间居然就临近了。他这才随着人流挤进了候车室，然后就开始了检票上车。

老木在十号车厢找到了自己的座位，他把随身携带的挎包塞向车厢上方的铁架，因为高，他不得不踮着脚往上顶，刚放下，包又掉了下来。坐在自己旁边的，是一位二十七八岁的小伙子，他这时候站起来，帮老木把包塞到了架子上，冲老木笑了笑就坐下来看报纸。

老木的脑海一闪，仿佛在哪见过这位自己的同座，可一时也想不起来了，只是觉得有些面熟。

火车启动，慢慢离开了这个城市。老木双眼眺望着面前渐渐消失的一景一物，忧伤堆满了脸庞，接着就深沉地叹息了一声，然后把目光收了回来。

身边的小伙子放下报纸，又对老木笑了笑，问道："老人家刚上车就叹气，有什么为难的事吗？说出来听听，看我能不能帮上忙，出点儿主意也好呀。"

老木无奈地摇了摇头，没有说什么，只是反问了一声："你到哪去？"

小伙子笑着说："我也没有什么事，随便要了一张票，拿到手上才看到是到北京的。也好，那是我们的首都呀，平时没有时间也找不到机会去看看，现在有了，也不枉活一回！您老人家也是去北京吧？我就在你身后买的票呢。我听见售票员对你说的话了。”

老木这才想起自己怎么对这个人有些面熟的原因了。

中餐的时候，老木从过往的流动餐车里要了一份五元的盒饭。他看了一眼身边的小伙子，他在啃着一个从超市买上来的馒头，就着一瓶康师傅矿泉水慢条斯理地咀嚼。

“你是北方人吧？”老木问小伙子。

“是呀。”小伙子一边回答，一边咀嚼，嘴唇的胡须上粘满了雪白的面屑。

“老人家去北京探亲，还是游玩呀？”小伙子问老木。

“随便走走、看看。人老了，再不出来转一转就没有时间和机会了。”老木忧郁地回答着小伙子的问话。

“那感情好呀。我们可以一起去北京玩一玩，把北京逛个够。我们做个伴，相互照应再好不过了。”小伙子兴奋地望着老木说。

“好，好——”老木落寞地应和着小伙子的提议。

两个人一时都无语，车厢里也安静了下来。

夜，已经深了，人们渐渐疲倦地打盹，或趴在面前的茶几上昏昏入睡。

七

早上八点，火车到达北京站。

北京的火车站，给老木的感觉一般了些，并没有自己生活的那个城市新建的火车站有气势，而且又有一个号称亚洲最大的火车南站正在崛起。还是老样子。老木在以前工作的时候是来过北京出差的，所以对于北京，他没有身旁这个年轻人那样感到新奇和兴奋。快六十岁的人了，世面也算见了一些，城市就是城市，都是钢筋混凝土包裹出来的，无非只是大些或小一点儿的区别罢了。

他们刚来到车站广场上，就有很多兜售北京地图和拉客住店的人围上来，就似一群乞丐围着两个大款爷一样巴望着有所收获。

小伙子很老到地从一名妇女手上买了一张最新版本的北京旅游交通图，然后就和一个拉客住宿的中年男人开始砍价，最后以三十元一天定了一间双人房。老木像个孩子一样被小伙子拉着去了离车站很远的旅社。安顿下来后，小伙子才对老木说："我姓孟，叫国亮。老爷子，看来我们有缘，那我们就住一起，吃也在一起，你要是怕我大吃大喝，我们AA制，学一回老外，也挺新鲜的哩。"

老木望着孟国亮那张憨厚又热情的脸，不由得笑了。他的心情也不由自主地开朗了起来。也是，既然出来了，就别想那么多了。人生难得几回玩？用他们年轻人的话就是不如潇洒走一回。

几天时间里，老木和孟国亮用最少的开支把北京的几个景点都游览了一遍，天安门、故宫、毛主席纪念馆，最后，他们决定明天跟团去八达岭长城。人们都说，“不到长城非好汉”呢。

第二天上了车他们才知道100元钱游玩一天是不够的，那只是一种招揽游客的手段而已，在车上，所有的游客还是不得不再次补缴了30元给导游，也就是说，北京一日游是130元每人。因为导游把一天的旅游路线和景点的收费标准，以及中午的伙食费用，加上租车费用和她一天的工资给大家报了价，整整是130元，所以没有一个游客反对，只是说，昨天的那些接待小姐不该那样忽悠客人，该多少就多少，何必像拉皮条一样呢！导游笑着解释说:“你们自己在买票的地方也看到了，有多少家旅行社在外面的景区摆摊设点竞争招揽游客。都不容易，都要生活啊，大家就包涵吧。”

旅游大巴车离开北京城一路向北驶去。导游介绍了北京城的定都缘由是经过地质专家考察，北京不在地震带上，也不会有地震发生，所以新中国成立以来，北京没有发生过一次地震；又告诉游客，现在的积水潭过去竟然是运货码头；还告诉游客中国的三大国粹是：书法、中医中药和京剧。此次的最后行程就是鸟巢，导游说游客们如果有兴趣，可以在鸟巢这儿下车，进去看看水立方，这是目前北京最美的夜景了。

老木和孟国亮坐在一起，聚精会神地听着导游的介绍，显得津津有味、其乐无穷。

十点钟，车子停到了八达岭长城脚下的停车场。导游规定中午吃饭的时间是十二点半，在停车的地方集合。导游是不上长城的，她每天要来一次，所以让大伙儿自由活动，她在车上休息等待游客回来吃午餐。

八达岭的确高大雄伟、气势磅礴。当老木和孟国亮相互携手攀登上长城，放眼四望，才明白了人们说的“不到长城非好汉”的含义。

老木和孟国亮不停地赞叹，真的不虚此行，真的不枉此生啊！他们在“好汉亭”各自留了影，孟国亮又拉着老木合了一张影，然后才相互搀扶着下了长城，因为怕误餐，怕走失了团队的车。

菜是“忆苦思甜”，说白了，就是简单的三菜一汤，主食是馒头。人们还是在嘻嘻哈哈声里结束了这顿特别的午餐，然后去了十三陵，最后车停在了鸟巢的附近，游客们下了车，导游说了行程的结束语就跟着大巴车走了。

老木和孟国亮只是在外面看了一会儿鸟巢的外形。天已经黑了，所有的路灯都亮了起来，鸟巢真的就像一个硕大的鸟巢坠落在地上，闪闪发光。老木不知道设计者为什么要把一个国际化的运动场设计成鸟巢，那么在里面活动的人都不成了“鸟人”？老木想着就笑了起来，骂了一声“真他妈的都是鸟人”。然后他俩跟路人打听了回旅社的路线，坐上公交车。

八

终点站离住宿还有一段路程，老木和孟国亮就慢慢地走着。

在各个路口，都停着一辆警车，穿着制服的交通警察在忙碌地拦截夜行的车辆，他们手里拿着测试酒精度数的仪器，严肃而且认真地测量着小轿车上的驾驶员："请您配合我们的工作，谢谢您了。"

孟国亮下意识地往后退缩了一步，老木就笑了笑说："小朋友还怕大盖帽呀？小时候听警察抓小偷的故事听多了吧？唉，也真是好笑啊，这么大的一个城市，那么大的一个国家，每天有多少人在声色犬马、醉生梦死，就指靠几个警察在晚上出来检查一会儿，就能避免酒后驾驶的车祸吗？都是形式主义。如果早些注意这些，早些防范，也不至于出现四川成都的孙伟铭、杭州的胡斌、南京市江宁区张明宝等一起又一起交通惨案了。"

孟国亮拉了一把老木说："老人家快走，我们还是回去早点休息吧，我都累得要不行了，你还不累呀。"

老木转身的时候，他悲哀地发现，一辆奥迪车在交警拦对面的小车时，忽地冲过正在闪烁着的红灯过了马路。也许，车主喝了酒，怕被警察测试到吧。不然，他不会在警察的眼皮底下当众闯红灯的。

回到住所，他们都累了。

老木在第二天突然就感到自己发烧了，他想喊同住在一起的孟国亮出去帮自己买一些感冒药回来。也许是昨天爬长城时受风寒感冒了，吃两颗退烧药，在被子里蒙上半天，大概很快会好的。直到中午，老木也没有看见孟国亮起来。他抬头看了一下孟国亮的床铺，发现孟国亮的被子在不停地抖动。老木撩开被子，起身下床，走到孟国亮的床边，喊：“小孟，你怎么还不起床啊，昨天真把你累坏了吗？起来帮我去买两盒感冒药。”

孟国亮没有停止颤抖，他伸出头来，很吃力地笑了一下，说：“我好冷，头也晕得就像坐飞机一样。”

老木真就看见了孟国亮通红的脸，知道他也正在发烧，而且比自己更严重。他伸手摸了一下孟国亮的头，手里马上就如抓到了一团火。他赶紧对孟国亮说：“你躺着，我出去买药。”

老木很容易就在外面随处可见的药店买到了“感康”，然后用药店里的公用电话给儿子打了个电话，得知家里一切还好，还知道，在他刚走后，刑警队的李警官来问过情况。

老木从药店回来，赶紧向旅社老板要了一瓶开水，倒了两杯，把买来的药分了两份，把开水和一份药拿到了孟国亮的床边喊：“小孟，起来喝药，别撑着，在家事事好，在外时时难。吃了药，烧就会退了。我也要吃药呢，昨天我们都受风寒了，加上水土不服，是很正常的反应。”

孟国亮哆嗦着坐起来，颤抖着手，接过老木手里的开水和“感康”，先喝了一口水，把药放进嘴巴，仰头就把药片咽进肚子，然后接着喝完了茶杯里的开水。他很不好意思地望着老木笑了笑说：“老人家，真麻烦你了，还要你来服侍我。”

老木“嗨”了一声说，“客气啥呀”，就自己吃了药。老木把房间里的电视打开又说：“小孟，你身体发软就躺着吧，躺一会儿兴许会好了。”

电视里正在播放《法制现场》。

成都的孙伟铭“醉酒驾车案件”定罪符合刑法规定，最高人民法院审判委员会专职委员黄尔梅指出，人民法院应当正确适用法律，坚持宽严相济的刑事政策，充分发挥刑罚惩治和预防犯罪的作用，依法严惩醉酒驾车犯罪。四川省高级人民法院对被告人的量刑是适当的。

最高人民法院认为，虽然被告在主观上不是直接故意的，但是在醉酒状态下肇事，法院对被告人的量刑是适当的。

九

老木看着电视，不断地长吁短叹。突然，他听见被子里的孟国亮号啕大哭起来，那压抑的声音听着就能让人黯然神伤。老木赶紧走过去拉开孟国亮的被子问：“小孟，你咋的了，是不是头疼得受不了？要不我喊一辆车送你去医院挂水？没有钱你甭担心，我会打电话让我家里汇过来，你以后回老家再还我也不迟。你躺着，我出去叫车。”老木说着就要往外走。他刚一转身，就被孟国亮坐起来抓住了衣服。孟国亮满脸的泪水，鼻涕也挂在了嘴唇上，他泣不成声地望着老木说：“木大爷，我真该死啊，我就是那个威胁你，又逼着你出走的肇事司机。刚才电视上放的我都听见了。我有罪，是个杀人犯，你还对我这样好，我的良心实在不能让我再逃避下去了。木大爷，你回去吧，我不会再找你麻烦了，我明天就回去筹钱，尽最大力量去赔偿被我撞死的家属。我的儿子也和那个没有父母的孩子一般大啊。我天天晚上都做噩梦，耳边总有两个孩子在大哭着喊爸爸。再这样下去，我会疯掉的，还不如回去自首，在监狱里安心过日子啊！呜呜——”

老木傻在那儿了，站在孟国亮的床边久久没有言语。他怎么也想不到眼前这个干净的小伙子会是一个杀人的恶魔。他想伸出手来，狠狠地扇孟国亮几个重重的耳光，但孟国亮那痛不欲生的神情，又让他怎么也抬不起手来。老木的眼前模糊了，泪水从眼眶里流了下来，他不知道究竟是为自己委屈，还是为眼前的孟国亮伤心，或为两个可怜幼小的孩子难受。

“是该回去了，都该回去了。”老木喃喃地说着，无力地坐到了自己的床沿上。

孟国亮下到地上，连鞋也没有穿，走到了老木面前，扑通一声，跪在老木脚下重重地磕了两个响头说：“木大爷，我对不住您，给您磕个头吧，还有一个是对受害人家属磕的，你帮他们接受吧。我没有机会当面去给他们磕头了，当你出庭作证的时候说给他们听吧。呜……”

久久的哭泣，久久的无言。

此时，有人敲门。老木走过去，打开门一看，正是刑警李成仁笑眯眯地站在门外。

发　现

一

贾琴今天上班走得很早，连招呼都没来得及对丈夫打一声，就急急忙忙地出了家门。她忘了今天老公要出差，没把他的衬衣、领结、袜子之类的从衣橱里拣出来，搁在他的床前。

当甄欣在迷糊中被闹钟刺耳的铃声惊醒时，却发现床前枕边，没有自己换洗的衣物。他有点慌，还有点生气。平时，妻子每次都是把他要换穿的衣物整齐地摆放在伸手可及之处的，今天，她怎么了？

甄欣穿着内衣裤，趿拉上拖鞋来到衣橱前，伸手一拉，发现是锁着的。他开始慌张了，因为他根本就不知道开衣橱的钥匙会放在哪儿。他从来就没做过洗衣、叠被之类的事。他只能又回到床前，伸手从枕头底下抓起手机给贾琴打电话。

还好，电话一拨就通了。她告诉他，开衣橱的钥匙就放在床头边写字台中间的抽屉里。

甄欣很容易就在抽屉里找到了一串大大小小的钥匙然后费了很长时间，才一把一把地试着打开了衣橱。

衣服码放得很整齐，可上面的全是妻子那些花花绿绿的衣服、裙子。他不得不迅速地把妻子的那些衣物狠劲地往床上摔着，终于翻到自己打算穿的那件纯棉咖啡色的衬衫。他伸手一把捞了起来，可他同时感觉到，有根手指触到了一种硬邦邦的凉东西。难道是一条冬眠的蛇？他的心底倏忽就涌出一阵惊惧，他最怕的就是蛇。他昨晚就为了和妻子因看不看一部讲蛇岛的碟片而争执了很久，但自己最终还失败了。可他实在想不明白，女人为什么会喜欢看那些让人心里发凉、头皮发麻的东西？致使到现在他满脑子里都是昨夜看到的蛇影。

甄欣跑到他放手套的地方，一边戴手套，一边向厨房放菜刀的地方跑去。他对厨房里的摆设可比衣橱里的环境要熟悉多了，至少妻子不在家的时候，他是做过几餐饭的。他捏着菜刀就折回衣橱，然后小心翼翼地用刀尖，悄悄地移到最后那层，覆盖着硬邦邦的东西前，迅速一挑—— 一本封面洁白的笔记本呈现在他的眼前。甄欣的目光在与那白色相接时，真以为是一条传说中的银环蛇，心都跟着颤抖了一下。

甄欣的脑海在一瞬间是一片空白，这里怎么会藏有一本日记？这肯定不是我的，那么，一定是贾琴的，因为女儿还没有到可以写日记的年龄。

好奇心，加上这段时间妻子些许的变化，都促使着甄欣有一睹内详的欲望。他没有顾上穿戴整齐，也没有感觉到屋里的春寒料峭。

甄欣是多么不愿看到，眼前的笔记本上清楚地记载着，妻子与另一个男人的文字，浓浓的，仿佛都能挤出几滴泪水来。那一行行娟秀的字，是那么相似于他刚刚想到的、白色的银环蛇，看着就能让人心冷、打战！

很久，甄欣手里的笔记本“啪”的一声跌落在地上，因为他的手，与他的心，同样被乍暖还寒的气温冻得麻木了。

甄欣把双手伸到嘴巴上，使劲地哈了几口热气，又快速地搓揉了几下，把日记又原封不动地放回去，然后开始穿戴。他在穿衣过程中，甚至都有了把那本日记扯碎或烧毁的冲动，可他最终还是克制住了自己。他们就要见面了，他们会做些什么呢？甄欣从贾琴的日记里得知，那个男人就要来这个城市出差。

工作是不能怠慢的，而且，今天出差的事务很紧，是个重要的商务洽谈，马虎不得。他从来都是个兢兢业业的人。

甄欣没有想到，在这次商务洽谈会议上，遇到了大学时代他追求过的校花陆菲菲。而且，陆菲菲一眼就认出了甄欣。虽然都十几年了，可变化也不是太大，他们还是凭借着往日的记忆，一下子就喊出了对方的名字。

陆菲菲的豪爽与亲热的招呼，打消了十几年前的失落与忧伤。他们在散会之后去了酒吧，从十几年前说到现在。甄欣说自己一切还好，有个不错的妻子，一个活泼可爱的女儿，说不上有多好，也没有什么不好。说这些的时候，他的脑际又闪现出那本早晨还没有翻完的日记。

陆菲菲的境遇却跌宕起伏：虽然也结婚生子，虽然也曾幸福安康，可两年前，丈夫在一次车祸中没了，父母也约好似的相继离开了人世。现在，她自己拉扯着儿子，经营着不好不坏的生意，就这么过着日子，总感觉空落落的，老是打不起精神。曾经的朋友和同学都忙碌着失去了联系，意识里，仿佛在这个世界上，她只有与儿子才是认识的、熟悉的。

甄欣从陆菲菲那张曾经迷倒过自己的脸上，看到了一丝倦怠与落寞，还有一些不应有的沧桑。转念一想，像她现在这样的女人，又何止万千？

生活就是这么简单。十几年时光，用几个小时就在交流中走完了。甄欣说出再见时，陆菲菲没忘把自己的名片和着热烈的目光，一起递给了过去。甄欣只好躲闪着回到了自己的城市。后来，从名片上看出，他们相隔其实并不太远。

二

贾琴今天上班的时候，总感觉有些不对劲——怎么就忘了把老公的衣物从衣柜里拿出来呢？她从老公打电话来的腔调里，听出了一丝埋怨。她更担心的，是放在衣橱里的那本日记。之所以放在那儿，是知道丈夫不会发现的，没有想到自己的一时疏忽，事情可能就会败露。

她好不容易熬到下班，连往日惯有的和同事们道别的礼节都没有顾上重复一次，就那样火烧火燎地赶了回来。

谢天谢地，日记还是在原来的地方安静地躺着，只是衣橱里的衣服被翻得凌乱不堪。

丈夫回来了，带着一身酒气。他一进门，贾琴一脸的惊讶。他咧嘴笑了，像个孩子一般嘿嘿傻笑着说："老婆，我回来了！在开会的时候，遇着了以前大学时的同学，还是校花哩，我还给她写过情书，可那时，人家瞅都没瞅过我。我们就在一起吃了顿饭，一高兴就多喝了几杯。没什么，没什么。"说完就晃晃悠悠进了卧室，把门咣的一声关上了。

在平时，这种关门的声音似乎习惯了，并没有什么能让人产生联想。可是，贾琴的心在今天却随着门咣的一声，狠狠地震荡了一下。仿佛，那扇门一下就把自己与丈夫隔在了两个世界。

在贾琴的心里，丈夫很稳重、很本分，对自己和女儿总是很亲近的，除了很少做家务之外，哪儿都好，工作稳定、性格温和、善解人意、心胸坦荡，丈夫几乎就没有像现在这样，在外面喝得连走路都走不稳。今天，他怎么了？

贾琴简单地在厨房里忙活了一会儿，她知道，丈夫今晚不会再坐上饭桌，与自己共享晚餐了。她打开太阳能热水灶的开关，调好了水温，然后准备喊老公洗澡。卧室里面，什么声音也没有。她知道丈夫已经醉了，只能自己用钥匙打开卧室的门。她却发现甄欣慌忙把什么东西，往床头的抽屉里塞，然后把它锁上了。她看到了丈夫做贼心虚的神色。他不是歪歪倒倒地进去的吗？他在做什么？难道有什么事情瞒着自己？到底是什么呢？

贾琴对丈夫说，水调好了，去冲个澡吧。

她看着丈夫的目光在自己的脸上扫了一眼，说："我现在全身都已经凉了，心里都有些冷了。算了，你自己洗好了。"

贾琴的心就似被什么虫子蜇了一下，身子都跟着抖了一下。是不是丈夫等得太久，生气了？她了解丈夫，只要出差回来，对自己就有欲望，而且很是急迫，像新婚一样，会让彼此在床上又要死要活一回。

贾琴脑海里突然就蹦出"亡羊补牢"那个寓言来。她赶紧转身进了卫生间，急匆匆地在自己身上胡乱抓捞了几把，只用浴巾把自己简单地包裹了一下，趿拉着拖鞋回到卧室的床前。一阵清晰可闻的鼾声如雷贯耳，她没有看到丈夫以前那种"守株待兔"的姿态。窗外，刮进来一阵冷风，她所有的热情就随风而逝，泪水却如蚯蚓一般从眼睑里钻了出来，慢慢地爬到了脸上，酥痒痒的，很似丈夫曾经和她温存时在耳垂旁亲吻的那种感觉……

贾琴几乎是一夜无眠，在床上辗转反侧，唉声叹气，直到天光微亮时才迷糊了一会儿，不知道什么时候，被厨房里传来的碗碎的声音给惊醒了。丈夫一定是自己在做早饭了。

三

甄欣其实一点都没有醉，只是在回到自己城市的门前小饭馆休息了一会儿，一个人又要了两瓶啤酒，品尝着苦涩的味道。按说，此时的自己应该高兴，因为妻子的红杏出墙，而自己又正好遇着了曾经追求过的校花陆菲菲。如果自己过分一点，旧情重叙，重圆旧梦，也未尝不可。就算妻子知道了，有那本日记摆着，可以说，一切都顺理成章，凿凿有据。可是，甄欣想：这算什么呢？每夜躺在一张床上，身体紧挨着过了几年的两个人，却是同床异梦。这不仅是幽默，还是笑话、讽刺，也是一种悲哀。

甄欣真不是那种见异思迁的男人。在单位上，可以说眼前身后，晃动着的真称得上是美女如云，可甄欣真就没有对哪位动过心。这也许不符合正常人的思维逻辑，无论是从心理上，还是生理上说，都难以令人置信。曾经有同事合着伙来整他，看他是不是真像传说中的柳下惠。一段时间后，连同事中被大家叫成“心灵汤药”的小美女海燕，也当着所有同事的面，大喊没招了，只好鸣金收兵，败下阵来。王刚又开始发表议论，是不是甄欣那玩意有毛病？好事的女人就通过他的老婆贾琴送补品，旁敲侧击着了解“案情”。结果却出乎意料，贾琴笑着对来人说，自己男人的身体好得比一般男人是有过之而无不及。

不信？不信你可以把你姐或你妹拉去试试，亲自感受一下。在同事们没辙的时候，一个与甄欣关系挺铁的哥们把他约到酒吧，整了好几瓶啤酒，动用了真感情，才套出了甄欣的一些不太可信的心里话：谁不爱美女？连他妈太监都想。只是有时候掂量，天下美女如云，一个靠上班的男人，你有多少精力和金钱往那上面填？那么，就以点带面得了。现在的婚外恋、一夜情，就算没做，看都看够了，听都听腻了。有几个好收场的？还不都是搞得身败名裂、妻离子散、不了了之，最后落得个孤家寡人。何必呢？甄欣最后还开玩笑着对那铁哥们说："你如果有这方面的想法，自己小心点吧。不然，你还以为我说的是酒话。"

甄欣其实也一夜无眠，他感受到了贾琴内心的不安。有几次，他都有些不忍，都有了伸出胳膊去紧紧搂抱她的欲望，可眼前老是晃动着那本日记，他的手就无论如何也伸不出去了，感觉眼前的女人很是陌生。他想，她现在的身体一定比藏在衣橱里那本日记还要冰凉吧？

今天是星期六，休息的日子，本该美美地睡上一阵。往常这种时候，他们总会再次缠绵在一起，很长的时间，然后一觉睡到大中午。今天，甄欣很早就起床了。或许是昨晚想得太多，肚子早已经咕噜叫了。他简单地洗漱了一下，去厨房煮了两袋泡面，刚把面条盛到碗里，手上一滑，连面带碗跌落在地砖上，"啪"的一声，全砸了。他默默地收拾了一下，然后走出房间，在小区外的早点摊上买了几根油条、一杯豆浆，一边慢慢走着，一边吃喝着。他没有注意到，自己已经走错了方向，不是往回去的路。

时间还早得很，连勤快的太阳都还没有起床，街道两边的店铺门都紧闭着。甄欣第一次这么悠闲地观赏着周围的景物，不知不觉中来到了花圃公园。

公园里，只有几名老人在做着自己喜欢的运动。新鲜的空气和着清脆的鸟鸣，使一个平常的清晨显得异常温煦。甄欣走到一个木条板凳上坐了下来，抽出烟，点燃，随着袅娜飘浮的烟尘，思绪飞得很远很远。

四

贾琴起床的时候，天已经大亮了。窗外有阳光漫进来，使整个房间显得明亮而宽阔。丈夫什么时候出去的，她没有觉察到。她知道，他和丈夫都有了问题。这种感觉就像三月的阳光里夹杂着一丝丝拂荡的冷风一样，说不出的滋味。

正在忧伤之际，贾琴的手机响了起来。摁过接听键，一个熟悉的声音强烈地呼唤着自己的名字。她愣了老大一会儿，才问对方在什么地方。“你怎么这么快就来了呢？”贾琴喃喃自语着，还是被对方听了出来，那边再次传来急切的惊问。

贾琴的心事像一团被扯乱了的麻，怎么也梳理不出头绪来。该怎么办？人家从老远的地方来看自己，不见？于理于情，都无法交代。丈夫已经有些变化，是否因为感觉到自己的思想背叛，暂时还说不准。见了，会有什么后果，更无法预料。

手机再一次急促地响起。贾琴匆匆说了一句，“你等我一会儿”，挂了电话，然后打开衣橱，换了一套连衣裙，顺便又看了一眼那本日记，还是出门而去。

幽会的结局，在预料之中，也在意料之外。他们很快就做完了男人与女人之间该做和能做的事情。平静之后，一切又是如此的平淡，似乎没有期待中那样的心旷神怡、忘乎所以。难道这就是爱情：爱老公之外的男人的感情？似乎还没有跟丈夫来得激烈、惬意和淋漓尽致。“以后，我们别再见面了，好吗？”贾琴给身边赤裸的男人抛下这句话，急匆匆地逃离而去。

丈夫还没有回来。贾琴的心慌乱而凄凉，她又情不自禁地翻出那本日记，记录了此时矛盾的心情。然后，她一个人愣愣地坐在窗边出神，直到听见开门的声音，才慌张地把日记本塞进衣橱底下。

丈夫进来的时候，还是望着她咧开嘴巴笑了一下，像昙花一现。即使这抹稍纵即逝的微笑，在贾琴此时的感觉，好像是无言的嘲讽。

似乎是为了表示歉疚，贾琴急匆匆往厨房里钻，不大工夫，丈夫喜欢的几个菜肴就摆到了桌子上。筷子放好，酒已倒满，可是，她没有看到丈夫那熟悉的微笑。贾琴的心凉如水。

一顿悄然无声的晚饭，就这样简单地结束了。夜晚来得很快，没有星光也没有月亮的夜空显得异常漆黑。

夜里，贾琴似乎听见了什么声音，很轻微。她以为是丈夫起夜，便没有太在意。当她再次醒来的时候，床头的台灯亮着，丈夫正伏着头，在写着什么。她没有起身，也不敢起身，她怕打搅丈夫的专注，他习惯在夜里做一些文字工作。她就那样躺着，默默地望着丈夫的背影，显得孤单，觉得戚然。她不知道这样过了多久，迷迷糊糊的就到了天亮。

丈夫已经走了，她竟然意外地看到了留在床头上的字条："琴，我今天有个约，是那个大学同学。可能回来晚。甄字。"

贾琴的泪，一刹那间就如决堤的洪水般顺流而下。她知道，丈夫今天就要去走自己昨天走的路了。她的心宛如被蜜蜂蜇了一般，久久地疼痛着。她终于坚持不住，趴在床上失声痛哭，然后是昏天黑地、日月无光。她在昏昏沉沉中，木然地起床、梳洗、关门、上锁，没有目的地在路上彷徨着。她在不知不觉中，走到了花圃公园门前，百无聊赖地跨了进去。公园里异常的寂静，这里该是她现在最好的去处，她可以在这里安静地回忆从前、想象未来。还有未来吗？丈夫此时也许正在和他曾经爱恋的女人重圆旧梦。也许，一切都将结束了！

贾琴懵懵懂懂地徘徊着，她无意中一抬头，看见了一个再熟悉不过的身影。她不敢相信那是真的，抬起手来使劲揉了几次眼睛。她悲哀地发现，是自己的丈夫！他不是有约吗？怎么会跑到这个清冷的地方？在等校花？她还没有来赴约？但又怎么可能在自己的家门口约会？再愚昧的人都知道去宾馆，开房间，颠龙倒凤。

贾琴的泪水又开始模糊了眼睛。一种说不清的感情撕扯着她的心：欣喜、失望、兴奋，还是内疚？

冥冥中，她真希望丈夫能背着自己出一次轨，这样彼此在心理和生理上算是扯平了。她自从背叛了丈夫以后，就期待着丈夫也能背叛一次自己，尽管这样的结局让她痛不欲生，但也是一份无奈的安慰。

一定要等到他的情人来了才走，她真的很想一睹校花的芳容。贾琴这样想着，就拣了一个角落坐了下来。透过公园里的假山和树木遮掩的缝隙，她能清楚地看着丈夫的身影。

丈夫一直没有动，时而仰望着天空，时而低头沉思，偶尔抽出烟来默默地吸着。

一直挨到日正中天，贾琴才终于看到丈夫慢慢地站起身来，默默地走出了公园。他一定是等得不耐烦了，他会去找她的。贾琴一直在心里肯定着。她一直跟着丈夫，不知不觉中却走进了自己的家门。

贾琴假装着一脸轻松的微笑，望着丈夫说："怎么这样快就回来了？没有见到校花？"

丈夫挤出一抹笑脸说："见到了，在一起简单地吃了点东西，然后在她住的房间里说了一会儿话就回来了。她有点不舒服，我就没好多待下去。以后吧，反正有的是时间。是不是吃醋了？"

贾琴听着，心里就真的一酸，但她知道，那绝不是因为嫉妒的原因，而是一种内疚的痛楚。

午饭过后，她接了一个丈夫单位打来的电话，是让他去单位，有个重要任务要安排。她告诉了他，他出门之前对她说："把我明天的换洗衣服拿出来，可能要出差。不然，又会翻乱了你的嫁妆。"

贾琴似乎听出了什么，但又好像很正常。在丈夫走了以后，她就去拿打开衣橱的钥匙。当拉开抽屉时，她发现，一本和自己一样的日记躺在了那里。

五

3月7日

那天，在要出差的时候，看到了妻子的日记。

从来都不知道女人能那么隐藏自己。也许，在感情上，女人比男人更善于伪装。看过了太多的悲剧，不想再去导演一出闹剧。不忍心的是女儿尚小，还没有能力看懂这出由自己的爸爸妈妈导演和主演的故事。毕竟，孩子是无辜的，她幼小的心灵也许经受不住这份伤害。

离婚，是每对夫妻最终的，也是最好的选择。解脱之后的心灵，是否能再找到新的归宿？我们的方向在哪儿呢?

3月15日

她终于和另一个男人躺在了一张床上。看到了她的日记，心情很复杂。一个正常的男人，被自己的妻子偷偷地戴上了一顶绿帽子，无论走在什么地方，心理上都是不平衡的。真的只有离婚吗?再找一个女人?近四十岁的男人，还能否再找到一个没有结过婚的女人?如果找不到，再次都是二婚，这算不算一顶变了形和变了色的帽子?

如果妻子提出离婚，又该如何?有些时候，无奈的事情，不是一个人可以决定的吧?我算不算一个男人?在刚到不惑之年，还没有站稳，就预示着永远地倒下了。可悲!

3月20日

只有让她提出离婚了。我将编个故事出来让她相信我的反击。

在公园里，我回忆了我们的从前。是不是因为我们不是青梅竹马，也不是一见钟情，更多的是平淡的岁月?我不明白，如果，原先彼此都找到了自己的意中人，到头来，是否依然会各奔东西?爱情，到底是什么?婚姻又该是什么?

想想，还是爱着她的，但这种爱似乎过于浅显了些。女人的浪漫天性是与生俱来的，没有几个男人可以把这份天性抹杀掉！

我的谎言，能否实现，能否被戳穿？

贾琴读着丈夫的文字，泪如雨下。

她正不知道怎么办才好时，感觉到身后有些异常，一扭头，她惊讶地发现：丈夫牵着女儿的小手，正静静地站在她的身后。

隔雾人生

一

做了十二年中学校长的吴文彬，此时坐在自己的办公桌前，拆阅着一大堆从传达室送来的信件。信件多数都是从各省、市寄来的教学资料或模拟试卷的样品。如今的广告信息真是便捷得很，你不必出门、不用咨询，就有各种文件像雪花一般飘落于你的手上，让你应接不暇。

还有几天就要退休了，吴文彬每天都要拆阅大量的信件，显得烦琐而又枯燥。真正有留用价值的资料犹如晨星，其余都是一些投石问路的废纸片儿。但因为即将离任了，他还是觉得要认真地做完每一件事情，以免自己在往后的生活回忆中留下自责和遗憾。所以他仍然坐着，一封接一封拆开眼前堆放着的信件。

墙上的挂钟清脆地敲了十声。窗外没有阳光射入，却能看到丝丝缕缕的晨雾，轻柔地漫进屋来。初冬的雾一场浓似一场，夹着一丝凉意，沾上人的头发或眼眉，有种说不出的清爽。

吴文彬抬手摘下眼镜，掏出纸巾，轻轻地擦拭了几下又重新戴上，然后继续捏起桌上的信件。此时，拿在他手上的，不是那种黄色的、右上角印着四方的"邮资已付"的印刷品，而是一眼就看出是手写的，字体细小而娟秀，一看就是名女子的信。他小心地撕开封口，取出信笺。

您好，打扰您了！

吴校长：

我和张守传于1998年5月21日登记结婚，感情一直很融洽。但是，我怀孕7个月时，医院B超显示是女孩。他积极主张让我做引产，可是这样做，成人的生命会受到威胁。同时，我想以我37岁的年龄，应该有自己的孩子。我以为孩子出生后，他会好转，可是事与愿违。我于1999年5月5日在吉林市妇产医院，做了剖宫产手术。女儿出生后，丈夫俯在我身边说了一句："完了，一切都完了。"

在月子里，丈夫极为不满地说："生男孩上天堂，生女孩下地狱。"他要把孩子送人，我执意不肯。他不让孩子上户口，在孩子刚到三个月时，我偷偷地把孩子的户口落上了。这时他火了，变本加厉地气我，并说，愿意养你自己养。他还指着女儿的小便说，把那不值钱的东西盖上等一些不堪入耳的话。

我很珍惜我与他之间的缘分，对生活充满了美好的希望和憧憬。在我37岁的生命旅程中遇上了他，希望得到幸福，可是他只把我当成了生孩子的工具，这完全玷污了我的感情和人格。女儿出生后，婆婆不让我登她家的门槛，丈夫不让我回家。我抱着三个月的女儿无处可去，我感到我和我女儿的安全得不到保障。

我希望通过组织对丈夫的帮助教育，使他有所悔过和改变，能正确对待现实的一切。

张守传妻　王秀兰

1999.8.10

吴文彬看完信后，手已经在不觉中颤抖着，手里的信笺宛如被窗外拥进来的风吹拂一般摇曳着。他感觉手里那两张薄薄的信笺，竟如两块千斤巨石般沉重。他感到有种隔世的恍惚，世间真的还有这种人存在吗？而且就发生在自己身边，还是自己领导下的职员。这不得不让他感到难堪和悲哀，还有一份被欺瞒被愚弄后的愤慨。他只是在很多年前的报纸上看过类似的来自农村的报道，想不到将要进入二十一世纪了，还有这种人，何况还是个高级知识分子。若不是这封信就拿在自己的手上，他怎么也不会相信这是事实。他想，再善于伪装的人也不可能隐藏了这么多年而不露一点蛛丝马迹的吧？

正是授课的时间，办公室里静静的。吴文彬真想跑出办公室，找到上课的张守传，冲上讲台把他揪出教室，塞到校园中心地，当着全校师生的面，把信公布于众，再狠狠地痛骂他一顿，甚至会举起自己愤怒的手，摘掉他脸上那副文质彬彬的眼镜。老校长认为，任何一个人看了这封信都不会无动于衷。

可是，吴文彬没有如他臆想中那样动作起来。他依旧久久地坐在书桌旁，一言不发，他最终还是抑制住了自己冲动的心。他要深入地思考一下此事的可信成分：也许那只是出于女人的一时冲动或使小性子呢？那样自己不是太轻率太武断了吗？想到此，他把两张信笺轻轻折起，慢慢揣进内衣口袋，然后站起来一步一步踱到窗口。外面的雾似乎愈加浓厚了，一如此时自己沉重的心情。雾总会散的，阳光很快会照进屋里来的。他想。

电话铃突然很尖厉地叫了起来，吴文彬伸手抓起电话礼貌地问候道："您好，这是校长办公室。"没有人知道电话那边是什么人，说了些什么，但从老校长嘴里，发出了"啊——"的一声惊叫，接着是一连串的喃喃低语："死了，她死了。怎么这么巧，这么快？张守传的妻子死了——"

第二天上午，来张守传家吊丧的，除了亲属和邻居，再就是以吴文彬为首的师生们。人们都怀着沉重的心情，安慰着、搀扶着哭哭啼啼的死者家属。偶尔，能听见从张守传口中吐出一两声忽高忽低“我不该对你说那些的，往后孩子可咋办呀？”的话语。

无论是谁，身处这种悲凉的场面都会感伤的。此时，最不自然、最最伤心和不安的还是吴文彬。他很留意地注视着生者张守传和死者王秀兰，当然，死者只能看到一个大概的轮廓了。透过那层薄薄的盖在死者身体上的白色布单，吴文彬似乎能感觉到王秀兰正用乞求和埋怨的目光盯着自己，他的心就更加慌乱、沉重和不安；掉转头看张守传，他虽然显得有些憔悴和悲伤，可吴文彬隐约感觉到他那有些造作和夸张的神情——一个失去至亲的人，此刻该是痛不欲生而又欲哭无泪的，那种缄默无语更显其内心的悲痛。因为他自己就在三十七岁的时候，尝到过丧妻之苦。那时，他是整整三天三夜不吃不喝，不睡不语，想哭、想诉却又欲说不能，往事种种一起涌上心头，还是独自承受吧，那样大喊大叫，只会让子女和亲友更加悲伤。五年后，才在朋友的一再撮合下重建了一个家，直到现在还美满如初。

吴文彬想着那封死者写的信，此时静静地贴在自己的内衣口袋里，冷冷的，宛如一块无法融化的冰似的让他感到寒冷。

望着殡仪馆的灵车来了又去了，吴文彬只好在心里默默念叨着：“安息吧，王秀兰，我一定会给你一个交代，至少要给我的良心一个交代。我要弄清楚，你到底是无意坠楼，还是间接被杀，因为我身上的信给你的死留下了疑点。”

二

七天之后，张守传开始正常上班了。

吴文彬开始注意起张守传日常的一举一动，可是，他发现不出一点点异常来。但他仍然在默默地等待着、注视着、忍耐着。“总有一天，狐狸的尾巴会露出来的。”他在心里不断安慰着自己说。

深夜，吴文彬被自己的噩梦惊出一声响亮的呻吟。身边的老伴拉亮电灯时，看到吴文彬额头上有星星点点的汗水溢出，一会儿便凝聚成一颗豆大的汗珠，他两眼无神地盯着屋顶，不知道在想些什么。

老伴伸出手，轻柔地推了他一下问：“老头子，你咋了？你从前可是从来不做噩梦的呀，你梦见什么了？你说话呀你！半夜三更的，你可别吓唬我啊！”

老伴在耳边一声声地追问着，他仍旧什么也没有说，只是慢慢地抬起手，从内衣口袋里，抽出皱了的信笺递给了老伴，顺手又从床头柜上，把老花镜送到老伴面前。老伴戴上眼镜，凑近台灯，很仔细且快速地阅览了一遍。看完后她才如释重负，长长地吐出一口气。她看不出有什么不祥的征兆，也想不明白这信和老头子的噩梦有什么直接的关联。她把信重新折好，取下眼镜问道：“你这是怎么了嘛，这事不是过去了吗？那个张老师的妻子，不是她自己晒衣服时，不小心掉下楼摔死的吗？这纯属意外事故，你白天黑夜为这事忧心，值得吗？你该不是老糊涂了吧？你不是闲着没事做心里闹得慌吧？”

吴文彬听着老伴的数落，很久，才长长地叹息一声。他没有面对老伴，目光依旧停滞在屋顶，像是自言自语，又似乎在对谁倾诉：“唉——，我活了大半辈子了，没有做过一件亏心事，但我今晚好像听见鬼敲门了。我梦见张守传的妻子七窍流血地站在我的床头，她指责我没有良心，没有找她丈夫谈话；她说自从信寄出后，就每天试探着丈夫有没有被我找去教育，可她丈夫每次都说她神经病或莫名其妙，对她冷若冰霜，形同陌路；她还骂我和她丈夫一样是个伪君子，是夹着尾巴做人的缩头乌龟，所以她绝望地跳楼自杀了。”他似乎仍沉浸在梦境里，呢喃道，“她呜呜地哭泣着，双手捂着脸飘出了我们的屋门，一闪就不见了。我如果早一天拆开她的信，就不会有今天这样的结局。我从此就欠下了一条永远也还不掉的人命债，一条人命啊！”

老伴听着吴文彬的话，知道他钻进牛角尖里，一时是拔不出来了。她重重地叹息了一声，披衣起床，走到往日堆放旧报纸的地方翻了翻，从中抽出一张报纸，回到床前，把老花眼镜一块儿送到吴文彬面前说：“你再看看这份报道。唉——世道真的是变化无常啊！林子大了，什么样的鸟儿都有。许多事情已经是见怪不怪了，也不是哪一个人能左右的，你何必要自寻烦恼呢？”她边说边用手指点了一下让吴文彬看的内容。

报上所说的是河南岳村乡一乡妇，为了贪图物质享受，先是卖了自己的三个孩子换钱花，又不择手段多次引诱、介绍自己的亲生女儿卖淫，最后在群众的举报下，终于落入法网得到应有的惩罚。

吴文彬看完，把报纸撕得粉碎，扔在床前的地板上，然后靠在床头默默无言，显得落寞而又悲伤。今夜，他失眠了。黑暗里他想了很多，从他记事起到现在，一件件往事宛如洪水一般涌上心头，但没有一件事让他问心有愧的。想不到天下真有这么多天理不容的事情存在。古人说“虎毒尚不食子”，可如今，有些人怎么要向兽性退缩呢？这样下去，人类是否会回到野蛮的社会？人与兽，真的是难以辨认了啊！他望着窗外漆黑的夜色，痴迷地想着。

三

又是一个多雾的清晨，阵阵雾气冰凉地浸入屋内的空间。吴文彬头一回赖在床上不想起来，尽管他一夜几乎没有闭一下眼，没有一丝的困倦。许多年了，他都没有累的感觉，可今天怎么就打不起精神来呢？以前每天都是五点多起床，洗漱之后就与老伴出去散步，或于近处的广场拐角打两遍太极拳，然后回到小区的巷口，吃几根油条或喝一杯豆浆，然后与老伴相互搀扶着回家，然后上班。但是今天，他感觉很不对劲，真的好似走了一段很陡峭的山路，只想就地躺下来，好好休息休息，哪怕再也醒不来。可他又恰恰没有一点瞌睡。

老伴又一次走入卧室，来催促他起床，并告诉他快到上班的时间了。他不得不慢慢地穿衣、套裤、离床、洗漱，那么慢，就似一位征战多年的老将军，解甲归田了，战争需要，他不得不再次披上战袍去冲锋陷阵那样。噢，到底是老了，他在心里叹息着想。

吃过早饭，就要跨出屋门时，他忽然转回头对老伴说道：“我想提前退下来了，明天就在家休养了。我都有些支持不住的感觉了，对什么都没了兴致。”老伴没有搭理他的话茬。她知道，老头子还沉浸在作茧自缚的困境中，还没有拔出来。

坐到办公桌旁，吴文彬想：明天就不再坐这张桌子了，一切都会有另一个人来代替自己。以前曾经在无事的时候，猜想过会有谁来坐这张椅子，如今对他而言，已经不再重要。他只想早点离开这间自己坐了十几年的办公室。虽然屋内的每一样陈设对他来说都是那么熟悉，熟悉得宛如自身的每一个部位，闭着眼，想都不用想，就能摸到。

吴文彬忽然觉得心里似乎还有什么事情没有做完。他烦躁地抽出一支烟叼在嘴上，然后慌乱地在口袋里摸索着打火机。当他的手指刚碰到内衣里那两张信纸时，他才终于明白自己该做什么了。

四

下午放学的时候，老师们都陆续地走出教室准备回家，吴校长向走出去的每一位教师辞别。当他看到张守传就要走向门口时，大声地喊了他的名字。

张守传听到老校长的喊声有些诧异，也有些不安。他已经和老校长打过辞别的招呼了，现在又一次听到喊他的名字，心里突然产生一份无言而莫名的惶恐。吴校长从内衣口袋里捏出皱巴巴的信笺，走到他的面前，伸出手递了过来，一脸的认真与严肃，说:“这是我收到的一封私人信件，很久了，我没有扔掉。我觉得还是让你看一下的好，尽管没有任何意义了。”

张守传困惑地看着老校长，然后接过了信笺。信笺很柔软，还带有老校长的体温。他展看一看，一行熟悉得不能再熟悉的字迹映入眼帘。用不着去看信纸后面的署名，他就可以知道是自己的妻子写的信。他抬头看了一眼吴校长，疑惑地问道:“老校长，这是给您的信，我看适合吗？是不是有些——”

吴文彬淡淡地又冷冷地说:“你自己看看吧。最好是一字一字地过目不忘，我等着，你看完再走。希望你看了能给我一些恰当的解释。也许我真的老了，老得跟不上时代发展的步伐。我也很想在我离任的一天，向你请教和学习，我相信你不会令我失望的。对吗？我也会永远铭记和感激你的教导。”

张守传不难听出老校长话语中的尖刻与嘲讽。他还是站在原地，把信送到眼前。他还是很想看看妻子，除给自己之外的男人写了些什么。他预感到一定是有关孩子和家庭的事情。令他庆幸的是，他没有看到让他尴尬和不堪入目的内容。妻子只是把他曾经气头上也只有两口子间才能说的话，讲给了自己的领导听，仅此而已。很正常，没有什么大不了的。他呼出一口气，把信纸折好，递给老校长道：“吴校长，谢谢您对我家庭的关心和对我妻子的信任，但一切都已经过去了，我不想再说什么。再次祝福您退休后的生活幸福安康！”

吴文彬原以为，张守传能说出几句忏悔的话，那样对死者和生者都是一份安慰。可吴文彬失望了。他仿佛又看到了王秀兰的那张七窍流血、模糊不清的脸，此时就飘忽在自己的眼前，还有她责骂的声音在回荡。死者怎么能安息呢？这个无耻之徒，竟然没有一点悔改之心。吴文彬愤怒了。

他一步跨到张守传面前，用颤抖的手，指点着他的鼻尖，声嘶力竭地大吼起来：“张守传，你这个伪君子，你是个杀人凶手！你妻子是你用不见血的吐沫和不沾血的手推下楼摔死的。可你无动于衷，还心安理得地面对这一切。你该向你妻子忏悔、向你女儿乞求赎罪、向组织坦白错误。你没有一点儿犯罪感和羞耻感，你忘了你是从什么地方来到人世的，是谁生育了你，你已经忘了生育你的给了你生命的母亲也是女人。我为你身为一名为人师表的老师而感到羞耻，你根本不懂做人，不配做人！”

吴文彬连珠炮似的轰炸，本以为会把眼前这个表面斯文、内里卑鄙的小人击得体无完肤，可他又一次绝望了。

面前的张守传还是那样面带微笑，轻松自如地望着老校长吼叫。完了，他才那么亲热又和气地说：“老校长，您该回家了，所有的老师都下班了。对于我的家事，让您费心了，真该再次谢谢您才是。我也该回家了，再——见！”

吴文彬眼睁睁地看着张守传带着一个胜利者的姿态，一闪就消失在自己的视线之外。屋外，已经暗淡了许多，落日的余晖苍凉地映着天空，像一片飞溅的淤血洒遍西天，让人看着郁闷和忧伤。

五

吴文彬不知道自己是怎么跨进家门的。他总的感觉只有累，全身犹如散了骨架一般软弱无力，手脚也有些发抖。他一进家门就直奔卧室的床，他连衣服和鞋袜都没有脱，就一头扎上床去，闭上眼睛，头脑和眼前就成了黑暗一片。

晚饭的时候，老伴催了两次，吴文彬都用微弱的声音回答老伴说不想吃了。可老伴还是那么执意地叫喊着他，好似有没有尝过的山珍海味要与他一起享用那样。吴文彬原本就有些郁闷的心绪，让老伴搅和得烦躁不安、六神无主，耳边宛如有一架架飞机轰鸣着擦身而过，令人无法忍受。

“你是在为我叫魂呀？”吴文彬大光其火地冲老伴吼叫起来，“我都说过不想吃了，你老是嚷嚷得没完没了，你要饿了自己不能吃吗？我又没有夺你的筷子抢你的碗，真的吵死人了。我现在只想休息，我很累，懂吗？”他莫名其妙地泼出了以前从没有说过的粗话、气话。

老伴没有走开，只是站在原地，定神地凝视着吴文彬，瞬间，眼眶里便溢满了泪水。她感到很委屈，也很伤心，与老头子相依相伴生活了二十年没有红过脸，一直都像一对老朋友那样和睦而且融洽。那么多风风雨雨都走过来了，仅仅因为别人的一点事情就弄得人不开心、家不和睦。她多么不忍心看到老头子刚刚离休，就寂寥、郁闷地过日子。其实，真正属于他们的生活才刚刚开始呀！以前都是为了工作、为了儿女们，忙忙碌碌地忘记了自己。该不会还没有开始，美好生活的天空就要阴云密布，淫雨霏霏吧？她又感到无可奈何，老头子的脾气，她是知道的，倔强而又认真，认准了的理，你用十头牛都拉不回来。她就那么怔怔地立在吴文彬躺着的床边，重温着往事的点点滴滴，虽然已经成了断断续续、接连不上的碎片，但依然还是让人觉得那么温馨和珍贵。她一边回忆着，一边让泪水顺着脸庞一颗接一颗地跌落在地板上。她多么希望老头子听见自己的泪水跌在地板上的声音，能坐起来安慰一下委屈的自己。哪怕自己不需要安慰，只要他能走出卧室的门，坐到桌边吃几口饭，那样，他的胃部就不会在夜里疼痛了。她不忍心老头子身受病痛和精神上的双重折磨。那样，他身体会垮掉的！

然而，吴文彬依旧那么和衣躺着，一动不动，宛如正做着一个甜美的梦，又似一个没有知觉的人，只有那微微起伏的胸口，说明那还是一个有生机的人。她知道自己拿他是没有办法了，又不能去喊他的子女来劝解，那样只会招来他更加恼火。因为他不需别人干涉自己的事情和心情，即使是自己最亲近的人。她弯下腰来，伸出一双颤巍巍的手，帮他脱掉鞋子，从他身下拉出来被褥掖紧。她已经懒得再去收拾桌上的饭菜，便和衣靠在床边，盯着吴文彬默默垂泪，暗暗伤心。

六

朦胧中，有清脆的鸟鸣声传进屋来。老伴掀开被褥，起床，打开窗户，一股浓浓的雾气涌了进来，伴随着一阵冷风，使她不禁打了一个冷战。她感觉有点头晕，眼前金星乱舞，接着是一片黑暗。她赶紧伸手扶着墙角，站了很久、很久，然后才感觉到老头子的双手搀住了自己，把自己的身体移向床边。

他们紧紧地坐在一起，望着屋外的大雾。那丝丝缕缕的雾，像此时人的思绪一般飘忽不定、难以捉摸。吴文彬轻轻地说道："这几天老是起这么大的雾，大概要下雪了。下雪就好了，下了雪就可以冻死很多很多不容易看出来的害虫，生活就会安宁许多，下了雪，就会落得一片白茫茫大地真干净。"

老伴仍然静静地依靠在吴文彬的胸前，听着他梦呓一般的语言感到更加忧伤。

天已放亮，大雾却愈来愈厚重，没有阳光，也没有风，世界仿佛变成了一堵厚厚的又软绵绵的墙，阻隔着阳光和风，遮掩了以往许多许多美丽又清晰的东西。

吴文彬终于还是在老伴的吆喝中，坐在桌边吃了几口热好的饭菜。不过，他感觉什么味也没有，如同嚼蜡。老伴没有再说什么，默默地撤了碗筷，进厨房去清洗。

一天就这样开始了。一天就这样结束了。

一连几天，吴文彬和老伴都很少说话，几乎就没有什么话可说，一个不想说，一个怕惹祸。只是每当夜深人静的时候，老伴会在某一时刻让吴文彬的梦话惊醒。但她不抬头，也不去开灯，只是侧耳静静地倾听着他所发出来的声音："我没有收到信。不怪我。信来迟了。我要死给你看就信了吗……"

他中邪了。老伴浑身禁不住颤抖起来，感到有阵阵寒气袭上心头。看来还是那封信的缘故，我该怎么办？是不是该去找医生了呀？她深深地苦恼着、思索着，而又无奈。明天起来一定拖着他去看医生。

当又一个黎明来临时，老伴一睁开眼睛，就被屋里的灯光刺痛得无法看清什么。她抬起头来，看到是老头子坐在书桌前，伏案写着什么的背影，那么的专注，连外面透进来的曙光也未察觉。"他肯定是疯了！什么时候起的床？他的头发什么时候全白了？"老伴在心里惊叫着想。

不知道过了多久，吴文彬终于抬起了头，然后摘下老花镜，放下手里的笔，折叠好写完的信笺，把它塞进了一个黄色的信封里，又拿起笔在信封上快速地写了几行字，这才拉开椅子，站起来转向老伴说道："我要走了，你有空帮我把这封信寄出去。我可能一时回不来，你一个人吃饭，别再为我操心了。"

老伴接过吴文彬递过来的信，用目光扫了一眼，看到的是"张守传收"的字样。就在她再次抬眼去看吴文彬时，吴文彬已经走出大厅的门，迈向阳台。她以为老头子是要出去呼吸一下新鲜的空气，或者是想看看东方未出的太阳。但她却又有一种不祥的预感，虽然说不出是什么。她只感觉到老头子与往日的不同。她情不自禁地跟了出去，想为孤单的老头子遮挡一点初冬的冷风。可是，只在眨眼之间，吴文彬那高大挺立的身躯，宛如一棵千年老树一般轰然向外倒去，缓慢而又快速，一闪便不见了。她感到眼前一片黑暗，张开嘴巴，想喊什么，却没有发出一点儿声音，只有那一双欲抓住什么的手，在空中画了一个圆弧。她手里抓着的那封信，像一片秋天的落叶，慢慢随着吴文彬倒下的方向飘落而去……

七

雾，终于散尽了，但依然没有阳光。在这样的季节，是多么需要温暖的阳光呀，可却又偏偏刮起了呼啸的西北风，阴冷阴冷的让人感到不舒服。

老伴醒过神来后，摇晃着，向楼下跑。她披散着头发，奔跑到老头子的尸体旁，看到的，是他直挺挺地躺在地上，双手向上，举过头顶，两腿分叉很大，呈现在人们眼前的，是一个醒目的、顶天立地的、大写的“人”。

网事如风

一

生活是张网吗？我想是的，不然我怎么偏偏就选择了网上生活？我整天就像条游荡在网中的鱼，不停地穿梭于虚拟、无声的世界里。然而致命的是，我又恰恰不是一条鱼，而是个活生生的人。我不得不常常从网上摔回到现实生活中来寻求着人的生理上所必需的吃、喝、拉、撒、睡等最基本的要求。即便是在这一日三餐或两餐，甚至有时候一餐都顾不上的间歇里，我仍会感到一种无尽的空虚与落寞，就像一条正在水中游荡的鱼忽然被人扔上了沙滩一般绝望。就是这样，我已经忘记了时间忘记了自己，有时连东南西北都找不到了，也找不到了自己。我已经分不清自己到底是一条生活在网中的鱼，还是一个有着高级思维和独立言行的人。人有人生，鱼有鱼群。可我已经分不清什么是生活，什么是人生；怎样的生活是最好的人生，人生又该怎样最好地生活。我时常在黑夜里撕扯着自己两只如鱼鳃般的耳朵诘问自己：“谁能告诉我，我能去问谁？谁是我？我——是——谁？”

二

十八岁那年，我从乡下小心翼翼、提心吊胆地蹚过了那座七月里黑色的独木桥，然后就兴高采烈地走进了城市，那种快感就如一只丑小鸭突然间变成了白天鹅，终于能展翅飞向美丽又广阔的天空了。以前从未接触过计算机的我就如一下子看到外星人进入我的生活那样稀奇和兴奋，随着如波涛汹涌的人潮，我也开始上网，那种惬意宛如一只刚刚学会飞翔的雏鹰迷恋着蔚蓝的天空一般久久不愿落下来。不想，雏鹰越飞越高越飞越远，竟然没了回头路，那又多像一条已被网住的鱼儿依然嬉戏在宽大深沉的水中，不知渔人何时收网，也最终不知是福是祸。

三年大学中，我没有回过一次乡下的家中。我用这些多出来的时间如鱼觅食般游历于城市里大大小小、如雨后春笋般生长出来的网吧和计算机专卖店中。既打工挣了生活费、学费，又能在那片四方、深蓝的海洋中无拘无束、自由自在地畅游且乐不思蜀。

在我不得不回到那张上下铺上休息或吃喝时，时常有人告诉我，我的父母曾来看过我，也找过我，但连我的影子都不曾看见。他们险些以为我失踪或出事了，这是大学校园常有发生的事：各大报纸家常便饭一样刊登着女大学生跳楼自杀，或一伙男大学生探险失踪。每当这时我才想起应当给家里写封信或者打个电话。只当这时，父母收到了我的只字片言的信或者听到两句我很好的电话才知道我仍然在读书、在生活，这才放弃了报警、到电台登寻人启事的打算。我没有记住他们叮嘱我的话语，只是在放下电话时哈哈地大笑几声。我在自私的同时感到自豪——我能养活自己了，而且活得很好；我能为父母节省很多钱了，他们不必因为我每期学费和生活费愁眉苦脸、唉声叹气地东奔西跑去求爷爷告奶奶地看别人的脸色了。每当想到这些，我仿佛看到母亲那灿烂的笑容映亮了烟熏黑的老屋，生出许多温馨；我又仿佛听到了父亲那爽朗的笑声惊飞了树上停息的几只麻雀。

记不得是哪位很幽默的老师说过，现在大学生，四年中就知道好好地玩一场，好好地谈一场恋爱。虽然那只是一种精辟又惋惜的话，可却得到了同学们一阵欢呼和一阵掌声。当除我之外的同学都拥有了自己所谓的男女朋友，而且都已明目张胆地同居、试婚时，我依然天马行空地奔驰在无边的网络上。

我购买了每期的《计算机爱好者》《软件》《网友》和有关计算机的很多书籍。我在上网的同时，已拿到了低级至高级班的计算机等级毕业证书。我仍然在钻研着有关计算机的课程。

我越发觉得自己正向另一个更深奥更美妙的世界走去，且已走得很远很远。当我蓦然回首时，已看不见一个熟悉的身影。尽管在灯火阑珊处，偶尔有某个声音在我耳畔回荡一下，我也只是把它视作是一闪而过的陨石或一颗转瞬即逝的流星。我只顾前行，如夸父追日，似精卫填海。

当四年大学就要结束时，我这才惊喜地发现，我手头已存了一笔足够买一台新上市的奔腾 4 电脑的钱。我除了兴奋，还是兴奋。而当我欢呼雀跃着说，终于可以买属于自己的电脑了的时候，却看不到一个可以来分享我快乐的人。我这才感到自己是多么的孤独，孤独得像一个武功盖世的侠客，正走到了山峰之顶俯视山下如蚁涌动的人群，嘴里呢喃着高处不胜寒的呓语。我的心掠过一阵寒风，可我却分明看见窗上垂着的布帘一动不动。

三

大学毕业了。我没有赶潮一样地去各大人才市场应聘，更没有听取学校再三让我留校任教的建议。我梦想着用自己买来的这台计算机来换取更多更新的计算机，我要把它当作一只母鸡一样侍弄，然后产下一只只新鲜的蛋，那样就会产生出一台台计算机。那样，我就可以开一家属于我自己的网吧了。然后再积累资金办个用自己姓名命名的网站。

这是我的梦，我相信我的梦会成真，我有足够的条件和理由。因为至少我有满腔的热忱和不息的活力。

终于有一天，我感觉自己的双眼面对彩屏开始模糊，十根手指开始僵硬、弯曲艰难时，我那颗火热的心像突然遭遇一场冰冷的冬雨。这是怎么了？第一次知道已经没有人可以回答自己了，第一次清醒地明白原来自己仍是一个要食人间烟火的凡夫俗子，第一次一个人躺在床上孤独得默默流泪、暗暗伤心。以前那份渴望成功和沾沾自喜的豪情一落千丈，随之似有一块千斤巨石压在我的心上迷漫出浓烈的烟尘，朦胧了我的双眼。在我无助地哭泣着扭头探望窗外，真的渴望此时能有个人进来安慰我时，我只看见那本我读了无数次的书——《软件之父——比尔·盖茨》正望着我流泪的脸庞。我这才猛然醒悟：伟人和巨人之所以会永远地闪烁在人类的星空，是因为他们不仅认识了世界，更认识了自己之后才发出了耀眼的光芒。我悄悄地抹去泪水，捧起这本印有比尔·盖茨头像的书，深深地吻一下他的额头。我看到比尔正对我微笑。我拿着书，走出宿舍。我要去吃点东西了，虐待自己身体的人才是最愚蠢的。我终于露出了释然的微笑，尽管我的脸上仍挂有泪痕，可那不正是雨过天晴后最美的景象吗？

四

我暂时不能看书了，我暂时不能上网了，我无奈地走进眼镜店，为自己明亮的双眸套上了一副或许是永远都解不下的刑具。我对着高大的试衣镜伸出双手温柔地抚摸着双眼，心里默默地嗔怪着自己："眼上刑，吾之过也，哀哉！然，我会如母亲般怜爱你的，每天给你清洗尘埃，天黑早点休息。吾已悔之晚矣，悔之晚矣！"

眼睛的急速近视，让我懂得了劳逸结合是多么重要，更懂得了"身体是革命的本钱"的道理。我开始晨跑，我不再让眼睛在昏暗的灯下长时间地探索。我不再使双手顽强地敲打键盘。我给自己科学地排列了生活与学习上的时间计划表。清晨，当我迎着刚露脸的如初生婴儿般的太阳慢跑时，我又恢复了原来的活力和热情。

我开始注意身边的人群，竟然发觉他们的脸上原来也充满了阳光，让我感到了春天的温暖；原来是我自己在远离人群，拒绝阳光。我开始面对他们微笑和点头，渐渐开始和他们对话、交流。

我隔三岔五地上一次网，查询和查阅。有时也走进私人聊天室，与几个聊得来的网友保持联系。然后我便有了两个志同道合的朋友，我们在网上谈得投机而又默契，每次都是恋恋不舍，约定下一次上网的时间，然后下线。但我们没有如你料定那般俗套：约个地方见面，然后恋爱，然后上床，然后分道扬镳，成为陌路，最后再去重复着与往日同样的故事。你真的想错了，也让你失望了，因为我们的友谊是纯洁的。网恋太让我们嗤之以鼻，我们都说那已是小儿科，没有时间去玩那种无聊的游戏，那等于在浪费青春。

五

李芳是武汉大学计算机专业的高才生，1984 年生，现读大二，和我有共同的理想和追求。我们相互勉励着如一对同胞兄妹。我给她起了一个绰号：武昌鱼。我们在网上相互抒发着对世界的认识，对生活所抱的态度，我们是乐观的，我们不断抒发着对美好将来的向往。半年后，我终于把办网吧的愿望告诉了她，她一连串给我发来十几个“ok、ok、ok”，那猴急的样儿不亚于拥抱到了渴望已久的梦中情人。然后我们又沉静下来，商讨着往后的计划：怎样积累资金，怎样去为实践理想而一步一步地走生活的路。我们就那样默默地干着自己预定的事情，迎来每一个白天或黑夜。我们不再重蹈“你的黑夜是我白天的开始”的生活状态。我们乡下的父辈们就是那般过着“日出而作，日落而息”的古老生活方式，我们也如他们那般等待秋天一样等待我们收获季节的来临。

欧阳文华，四川人，二十三岁（与我同龄），只是小了我两个月零八天，便只好屈就为弟，在网上我称其为鲈鱼。他所学专业是国际贸易，并自修国际金融，在读本科大三。小子野心蛮大，其性格豪爽、直率，又爱表现一点川人特有的小聪明。他发给我的第一句话总是：“四川人是聪明的，相信我吧！就如你不得不承认邓小平爷爷的智慧解救了中国一样。”我只能回他一连串的“ok”后作一副无奈状。之后我们就进入天马行空的胡吹乱侃，但我们同样抒发着对未来的向往及追求的目标，临别总不忘重复告诉对方一句：为了我们的未来不是梦，加油。

我把王芳又介绍给了欧阳，让他们彼此交流，我们三人之间便有了心心相印的默契和情同手足般难分难解的依恋。但你可别猜度我们在大搞特搞什么网恋呵，那你就显得太狭隘、太落伍，也太无知了。这些都为我们共创网吧，打下了牢固的基础。

六

不觉中又是一个暑假临至。这是个热气蒸腾的季节，天空飘满烘人的气浪，太阳伸出颀长的火舌，从早到晚地舔吮着大地。

炎热的天气使人生出些许的浮躁，激情似乎被这些浮躁所淹没。

我在一个无聊的深夜进入聊天室，看到了王芳和欧阳给我的留言："我们见见吗？聚聚吗？好无聊！我们很喜欢很向往古城南京，那儿有紫金山、有天文台、有夫子庙、有秦淮河。"我迅速地回了消息："爽！九月九日，我在南京紫金山天文台与你们把酒赏月。不见不散！"

重阳节的夜晚，一弯新月悬挂在当空。夜幕下的天文台显得愈发神秘，偶尔有几声不知名的鸟鸣从黑暗中传来，夜风飒飒地摇曳着树梢，远处的天际一颗流星滑落，那短暂的陨落宛若人生一场。极目远眺，南京城里灯火辉映，所有的繁华尽收眼底。对于一个城市的寄居者，我们不得不提防沾惹上文明的安乐病，那些都市的阴郁赋予大多数人与生俱来的暮气，还有隐藏期间弥漫着的情欲和颓废。

我独立平台仰望着深邃的天空，冥冥中，不知此生来自何处，该去何方，那颗漂泊不定的心何时才能找到归宿。我没有去车站接王芳和欧阳，我想给自己一点时间和空间去臆想彼此相会的情形。我想在今晚就做出一个决定来，就算有失东道主身份也顾不了那么多。我正想着，腰间的手机奏起了温柔的“梁祝”和弦，我知道他们到了。刚把手机放到耳边准备通话时，我已看到两个人影朝我走来。我大喊道：“武昌鱼、鲈鱼，酸菜鱼在此等候多时了！”我们相拥击掌，然后仰天长啸，以示心悦。

我将自超市购买来的南京特产盐水鸭，还有在菜馆炒的一份芦蒿炒香干、六瓶金陵干啤酒，摆在石凳上招呼道：“两条鱼儿——来，为我们在偌大的人海中相会而干杯。”我们扼着瓶颈齐声说“Cheers(干杯)”，便仰脖狂饮，那咕咚咕咚的吞酒声如老牛吞水一般响亮在我们各自的耳畔。人生几何，对酒当歌，此时该是一生中最快乐的时刻吧！

我们三人在紫金山顶坐着聊了很久，当娇柔的王芳喊冷的时候，我也才感觉到，夜凉如水，已经起风了。

我们三人用漫步的心态走下了山，途中我说出了我想现在就集资办个网吧的愿望，想请教他们有何高见。他们都说回去后给我答复。不觉间已经来到中山门古城墙下，我抬手招了一辆的士，没有十分钟就到了我们的住宿地——位于中山东路上的“钟山宾馆”。

第二天，我作为导游带他们俩把南京的风景区都游了个够。用他们俩的话来评价南京就是两个字“散漫”——文化氛围很浓，适合文化人待，但缺少上海的前卫、深圳的发达、武汉的蓬勃、成都的稳健。我只能不置可否地点头微笑。

也许是为了打消他们对南京的片面认识，我又领他们去逛了珠江路电子一条街，那琳琅满目的电脑门市部让他们发出由衷的唏嘘声：原来，无论哪个城市或人，都有自己的历史和现在——在静默中发展、在发展中成熟、在成熟中强健。

七

半月后的一天，我同一天接到了王芳和欧阳的电话，他们已经携款到达南京了。他们要与我组合到一起办个像样的网吧，我们昔日的梦想马上就要实现了。

我们找场地，选购电脑元件，组装成品，接线。一家名曰“网事如风”的网吧诞生于中山门外卫岗街的南京农业大学附近。因为现在上网一族也多是大学生，把网吧选在大学附近是经过我悉心调查的，每到双休日，各个网吧都人满为患，上网的人要等上很久才会偶尔空出一台机子，人们便争先恐后地付钱，可最终还是只有一人得到号牌，然后喜滋滋地去了。

我们的生意也是出奇的好，每天的进账都在千元左右，我们三人每次在夜深人静时数着一大堆钞票和硬币的那种激动和兴奋真是无法用语言表述。我们渐渐感到体力不支，精神恍惚、疲惫不堪，最后我们不得不把我们三个人分成三个时间段来工作了，也就是三班倒，每个人八小时，一个星期一换，月底结账。

也许世界上任何事物都是一样的结果：有开头、有高潮，最后是结局，一如一部跌宕起伏的小说。

我们第一个月的收入很可观，除去电费、水费、房租和我们三人的吃喝用以外，净赚一万八千多元。我们都沉浸在初尝战果的甜蜜里沾沾自喜。可是第二个月，许多我们不曾预料的事情便雨后春笋般生长出来了，让毫无经验和心理准备的我们措手不及、应接不暇。

先是文化单位的办公人员找上门来要营业许可证，而且限定我们在三天内停止营业，办理好许可证才能开业，还要罚款一万元，否则白条封门；接着是卫生部门上门罚款，要办理卫生许可证；工商部门来要工商管理费。我们眼看着刚刚盈利的钱又像流水一样流出自己的腰包。我们都没有泄气，因为我们都认为我们的网吧只要存在就不怕赚不到钱，就如从前父母比喻的那样“只要有母鸡，就不愁没有蛋”。然而，一样的生意，到了月中，我们都发觉，收入的钱款是越来越少。虽然我们都知道是因为有一些老熟客有欠账的现象，但不可能少那么多。于是，我们开始相互猜疑，三人之间的关系一如秋天的落叶般渐渐枯黄。真的是“祸不单行”，由于我们的粗心大意，在一个电闪雷鸣、狂风大作的深夜，不知道是哪道线路出了故障，导致失火。当一股股浓烟和刺鼻的焦煳味冒出地面，溢满网吧的空间时，所有的人才如“树倒猢狲散”一样冲了出去。那天不是我当班，当我躺在宿舍的床上迷迷糊糊听到手机鸣叫，我很懊恼地大骂是谁时，却听到了王芳惊恐而又颤抖的哭声：“网吧，失火了。”我几乎没有穿齐衣裤就冲向我们的网吧。远远地，我就望见了从网吧的门窗里涌出来的浓烟。我的头轰的一声，意识有了瞬间的停顿和空白。我明白，我来迟了。

网吧里除了王芳，还是王芳。我不知道欧阳死哪去了，连个鬼影都没有。此时该是他们交接班的时候啊！而且我们每次换班时候都要检查一下电路的呀！我迅速跑去关了电源总闸，然后打开所有的窗户……

一切都平息了，我一屁股瘫坐在地上，捏着手机，拨通了欧阳的电话，没有等他开口就疯狂地叫骂起来：“四川佬，你这个浑蛋，你给我爬回来。你去死吧，我不想再见到你……”我骂完后，双手捂着脸，就如死了亲娘一样号啕大哭起来，那绝望的哭声久久回荡在网吧门前的上空……

八

我们还是默默地清点残剩的物件，但能用的已经很少了。而且，网吧房主已经发话说不再出租场地了，原因是我们根本就不具备成熟的经营、管理能力。房主最后像个绝情而又恶毒的巫婆一样冲我们喊道："限你三天把所有的破铜烂铁运走！算我倒霉，被你们熏黑的墙壁我也不追究了。"

我们几乎没有说什么话，就默默地把一切能卖的卖了，那些钱仅够我们维持现有的生活状态。我无话可说，有话也说不出。

几天后的一个清晨，欧阳拉着王芳的手来向我道别。他们说回去准备结婚了，然后过个正常人的平凡生活。他们早就相恋了，只是我不知道而已。他们说他们不会怪我，也希望我不要怪他们。他们说人生原本就是注定的。我望着他们俩，艰难地露出一丝黄昏一样的笑容，然后轻轻地说了一句："祝你们幸福！"

“笨”小孩

一

我一直是我们班学习成绩排列的第一名——倒数的！也许我注定就是一个笨小孩。

“这么简单的题目你都做错了，你怎么这么笨呀？你上课时在想些什么？”女数学老师兼我们的班主任周森常常对我咆哮道。

“这样容易的组词你都写不出来，你真的是笨死了。”同桌姜敏的话时常在我耳边回荡。

“回家的路，我已经接你走过几回了还是认不得，你笨到这个程度了啊！”爸爸每次在把我从姥姥家接回时总要这样对我吼叫，一脸的愤怒和失望。

这些话常常像秋天的落叶一样飘进我的心里，让我感受到了冬天的寒意。时间长了，日子久了，我自己也以为我是个无药可救的人。而且每次考试我都是倒数第一，我连一点羞辱感都没有了，对一切的嘲笑和讽刺都已经习以为常。即使偶尔有回考得好一点儿，也会被老师和同学怀疑成抄袭，那样又会招来更多的嘲讽。似乎我原本就该是个不可以考及格的学生，似乎考不及格的我倒成了一个诚实的人了。原本，我就是一个笨小孩?

期中考试的试卷又发下来了。我看着我那张雪白的试卷右上方赫然地刻着“25”分，它是那么醒目地跳跃、闪烁在我的眼前，宛如一团烈火般灼痛了我的双眼。我不知道我的分数为什么总是在这个数字徘徊，致使有个讨厌的家伙给我起了个绰号“二五”。也许因为我还不算调皮捣蛋，所以才没有被加上“郎当”的臭名。

我还是不可避免地被老师罚站到了讲台旁，可这次除了我，还有另外十几个学生，其中还包括一个平时学习成绩让老师引以为豪的学生。不知是因为这次期中试卷难度大，还是因为同学们的掉以轻心，很多人都不及格，致使我们班的平均分数第一次突破了不及格的大关——59.5分。班主任阴沉着脸走进了教室老半天没有冒出一句话，但我们分明看见她的脸色明显地涨红了。

看见居然有这么多的人陪我站在一起，尤其是那个平时老喊我“二五”的优秀生就那么拘谨不安地站在我身旁，我不知怎么就突然笑出了声音。我的笑声像一枚炮弹一样轰然炸开了班主任那紧闭不开的双唇。

“杨海洋，你的廉耻被狼叼走了吗？你知道你一个人背走了同学们多少分数吗？25+35=？你该算得出来吧？35 分需要多少道题目来填充呀？你如果再多考 15 分，也不至于我们班的平均分不及格啊！你们让我怎么向学校和你们的家长交代呀？呜……”班主任周淼突然哭出了声音，同时抓起讲台上的课本狠狠地砸到了我的脸上。

我的鼻子就似被蜜蜂蜇了一下，热乎乎地疼痛起来。我情不自禁用手一揩，满手的鲜血晃在我的眼前，但我只是用眼睛扫了一下显得比我还要痛苦的班主任周淼。她一脸的惊慌，手忙脚乱地从自己的口袋里掏出纸巾跨到我面前来为我擦鼻血，然后让我下到我自己的课桌前坐下。我的鼻子很脆弱，一碰就流血，那是一次爸爸在喝醉酒的时候，看到我的不及格考试卷后，不问青红皂白地挥拳捣了我一下，然后就血流如注，妈妈慌忙拿毛巾来捂也没有制止住。我看到当时爸爸也慌手慌脚跨过来想帮我堵鼻血，但被妈妈一把推开了。我迷迷糊糊倒在妈妈的怀里，感觉好舒服，就像儿时躺在妈妈怀里吸吮着乳汁，我因此甚至在那瞬间感激地对爸爸露出了微笑的一瞥，感激他创造了一个我与妈妈亲近的机会。

二

除我之外的所有不及格的人都被罚写了检讨书，保证下次考试不会出现差错。老班之所以没有让我写保证书，除了对刚才摔破我鼻子的补偿以外，肯定还因为即使我再写一万份保证书也是无济于事的吧？我在心里琢磨着想。

下午最后一节课，英语老师出奇地没有拖堂，放学铃声刚一响起她就喊了下课。我收拾好课桌上凌乱的书本，然后塞进书包，快快地走出教室。当我就要走出学校大门时，听见后面有人在喊我的名字。我回头一看，是沈嘉楠。我有些纳闷，这小子平时与我没有什么交情呀？不过我从他的表情和喊我的口气里似乎能感觉出一丝不容拒绝的亲近与友好。

"杨海洋，我看你今天鼻子流了那么多血，吭都没吭一声，我好佩服你。哥们儿，你一定在心里恨那只'母老虎'吧？"沈嘉楠一面紧跟着我的脚步，一面望着我的眼睛对我说，"想解恨吗？跟我走，带你看个好去处，完了保证让你感觉痛快到爽死了。"

我对这小子没有什么好感，但也说不上厌恶。他给人的印象总是那么无所谓，一副街头混混的派头，猴精猴精的，是班里典型的"病无救"。所有任课老师对他都无可奈何，摇头兴叹，惋惜之情溢于言表，找他家长谈话都成了家常便饭，可是依旧不起效果，时间长了，便都听之任之了。

我不置可否地向前走着，心里想着我本来就已经是学臭熏天了，再和这小子凑到一块儿，连我自己都觉着玩儿完了。而且，我每天回去的时间是不能超过爸爸所规定的大概范围的，否则，我的鼻孔还得挂彩。

“洋洋，走吧。”沈嘉楠抓起我的手腕牵着我朝另一个方向边走边说，“我知道你心里还不屑与我为伍，因为我打心里佩服你才带你去那个地方。一般人我还不告诉他呢，去了你一准不会后悔的。要不，你看了不喜欢，回头就走好了。”

我随着他拉着我的惯性就由着去了。拐了两个弯，在一条胡同的尽头，我看见了许多大大小小学生模样的人不断地进进出出，有的满脸兴奋，有的一脸沮丧，有的喜忧参半。

进得屋里，一阵阵噼里啪啦不绝于耳，一台台像变形金刚一样的大机器前，或站或坐着如痴如醉的少年，他们不时发出一两声尖厉的叫骂，身子不住地左右摇摆。机器里的画面也是各呈纷纭：有双人对打的，有群体混战的，还有单人射击的……我的眼睛简直就不知道该往哪落才好了，新奇和兴奋一块儿占据了我的意识。

“洋洋，来，我教你玩。”沈嘉楠把他身旁一个比他矮小很多的人扒拉到后面去，伸手从自己的衣兜里捏出一枚有一元硬币大小的东西往机器前面的洞口里一塞，用手拍了一下，屏幕上人影一闪就跳出一位高大、结实、魁梧的武士来，他耀武扬威，跃跃欲试地挥动着硕大的拳头，摆出一副挑战的姿态。

“洋洋，你看，这个武士就是代表你自己的，你可以挑选和你对打的人。我帮你选个吧。”沈嘉楠说着，用手一晃操纵杆，从几个站立待命的人堆里腾空跃出一名女子来，“我抓着你的手打两下，一准会。”

看见那名女子被“我”打得“嗷嗷”狂叫不已，我的手便不自觉地摇动起来。我突然感觉自己全身充满力量，热血沸腾。

“洋洋，打，对，就这样，使劲地打。你现在可以把她幻想成刚才打你的‘母老虎’，也可以把她想作平时欺侮你、你痛恨和讨厌的人。这样你就越打越有劲，越打越会打了。”沈嘉楠在我面前过足了一回做老师的瘾，也乐得手舞足蹈、忘乎所以。

当我身上所有的钱币都喂进了机器嘴巴的时候，才突然想起了什么，仰头一看墙上那只挂钟，嘴里就不由自主地“啊”出了声音，随着手的颤抖，游戏机里的“自己”被对方狠命一击而后重重摔倒在地，“挂了”。我顾不上，拔腿就向外跑，无论身后的沈嘉楠怎么喊叫也没有再理会他了。因为，时间已经超过爸爸所规定的很多很多了。挨打肯定是在所难免的，现在回去也是为了不让妈妈担心。尽管妈妈在我的心里也不是那么温柔与亲近，但我明白自己在家里总该有个依靠。其实我与妈妈的感情说不上好也谈不上坏，因为妈妈很少在家，听爸爸说妈妈最爱跳露天舞和“码长城”，早晨走得早，晚上回得迟。给我的感觉，妈妈更像家里的客人，只是比常人来得要频繁一些而已。

我如一匹脱缰的野马一般狂奔到家门口才“戛”然刹住了

身，停下来喘了几口气。我伸出手来按了几下门铃，却没有回音。

真是天助我也，老爸老妈都没有回来，今天终于不会挨“剋”了。我在心里快乐地想着，捏起挂在脖子上的钥匙开了门，摁亮屋里的灯，把书包放下来，打开，抽出书本。我想在爸爸回来之前把作业写完，那才叫“平安无事”呢。我刚把第一题的题目抄好，门铃就“叮咚叮咚”地响了。推门而入的是铁塔般的爸爸，还伴随着一股刺鼻的酒味。我的身体不自觉地一颤，脸连忙就垂了下去，目光躲闪着不敢与爸爸的眼神接触。

“你……你他妈野哪去了？才回来。钻得跟兔子似的，以为我没看见？作业没有做完吧？你小子也想跟你妈学着成天在外鬼混，我不砸断你的腿才怪。去，给我倒杯开水，多放点茶叶，让老子醒醒酒。”我看着爸爸边说边摇摇晃晃着身子和着一阵阵酸臭的酒气如海浪一样扑打过来。我赶紧到橱柜里翻找茶叶，但是没有，于是就小心地移到爸爸身边说茶叶没有了。

“啪”的一声，我眼前金星乱冒，随着惯性“噔”的一下就摔坐在地上。我没敢哭，因为我知道，这时候是无论如何不能发出一点哭声的，否则会招来加倍的打骂，这是以前挨打得出的经验。尽管我每次是那么渴望大哭一场，就像小时候撒娇耍赖那样，可是现在不得不压抑着自己的泪水。我默默地坐到书桌边写起了作业，许多题目都算不出来，尽管许多都是已经做过的，但我一点儿也打不起精神来。我不得不胡乱地写上答案，有些连我自己都不知道填了些什么，然后收书，然后洗脸、洗脚，然后上床。我拉灭灯，睁着双眼，在黑暗中瞪着屋顶发呆。窗外，隐约传来了雷声，一阵阵雨前的凉风从窗子里灌进来。在这夏日的夜晚，我却感到了冬天的寒冷。妈妈什么时候才回来？我多想能吃一次妈妈亲手做的饭菜啊！可这样的日子真的不多。妈妈好忙啊！也许她的心里也很少有我这个儿子吧！

不知道什么时候，隔壁的房间传来了爸爸雷鸣般的呼噜声。我真的好羡慕爸爸倒床就睡着了，没有一点心事。做大人真好！我在心里呐喊着想。为什么自己老是长不大啊？日子走得就像雨后爬行的蜗牛一样缓慢。如果明天早晨掀开被子，发现自己突然成了大人该多好啊！哪怕能像卡夫卡的《变形记》中的主人公，在一夜之间突然变成了只甲虫也行啊！至少那样可以自由地生活，没有人管，可以去自己想去的世界，离开自己讨厌的地方。离开？对，离开！这个词突然就如窗外的闪电一样明亮地划过我的脑海。

三

我已经两天没有进校门了，也没有回我那个没有一丝温暖的家。我把我所有的零用钱都拿了出来，跑到那个游戏厅里去做我的“高手”梦。我饿了就在外面买一袋方便面，向老板要了开水泡着吃，然后再接着玩；晚上我就溜到附近的公园暗处找个干净的地方打盹，被夜气浸醒了就望着镶满繁星的夜空痴痴地想一些无法说出口的事情，天一亮又第一个走进游戏机室。我已经是真正的游戏高手了，我把我所有痛恨的人都无数次狠狠地教训了一顿，包括我的爸爸。我终于明白为什么有这么多人迷恋打游戏机了，原来里面有这么多妙不可言的好处啊！原来我们孩子也有自己可玩乐和发泄的地方，真该感谢发明游戏机的伟大人物，我代表所有的未成年人向他致敬。老师不高兴的时候可以惩罚我们，不检查检查自己的错误，把这么多天才认作笨蛋；我们的父母只顾自己的心情，不管孩子的处境，有气就打骂，忽略了我们也有一颗敏感的心灵，所以才有了他们无奈地发出了所谓“代沟”的感叹。

下午要放学的时候，我悄悄地闪到我们班的窗口下往里瞧。班主任周淼一脸生气的样子，她正在询问几个同学有关我的消息，但没有人知道，于是只好跑进隔壁的办公室里翻出我们班的点名册来找我家的电话号码。电话通了，但没有人接，一连拨了几次都是无人接听。她刚放下电话，我就看见妈妈风风火火从外闯了进来，直奔到我们班主任的面前，哭哭啼啼地问：“周老师呀，我儿子洋洋在不在学校读书？他两天没有回家了，也不知道他昨天夜晚在哪过的夜。”

“我刚把打到你家的电话放下呢。我也正想要问你们做家长的哩。孩子两天没有来，也没有请假，我原以为他是病了。他两天都没有回家吗？”我看见班主任的脸“唰”一下就苍白了，“你为什么不早来学校问一下，打个电话也行的啊！两天了，这孩子能哪去呢？你们这些父母是怎么做的呀？顾着挣钱，孩子都忘了吗？”周老师几乎就要哭出来了。

下课铃声在校园里回荡起来。我想缩回头，绕到前面办公室里去与妈妈一块儿回家。我突然听见妈妈像只母狼一样号叫着扑向周老师，嘴里大喊着：“我的儿子呢？你是他的班主任啊，你为什么不早与我们家长联系？学校是要负责任的。我要见你们校长，他在哪，在哪？”妈妈的嘶叫声引来了许多好奇的学生和刚走出教室的老师，办公室的门前窗下挤满了闪烁的眼睛。我看见周老师那一头飘逸柔顺的长发在妈妈的撕扯下乱成了一堆杂草，但却听不到周老师的一点声音。

四

我现在已经记不清当时我是怎么与妈妈回到家的。我已经做好了再一次被揍的心理准备，我自己都觉得做得有些过分了。两天，对于一个失去孩子的家庭，是怎样的心情我可以从妈妈与班主任周老师的撕打中感觉到的。然而让我备感意外的是爸爸难得的笑脸和妈妈温柔的抚摩。他们做了满满一桌丰盛的我平时最爱吃的菜，并把我围在他们中间微笑着帮我夹菜，说着“多吃、慢吃”的话，绝口不提我逃学的事情。我终于吃饱了，把碗筷往桌子中央一推，等待着“黎明前的黑暗”和“暴风雨”的来临。

窗外依旧是明亮的阳光，没有一丝风，有知了在“知知”

地叫个不停。我第一次睡了一个安稳、踏实的觉。夜里，我梦见爸爸妈妈在安慰我、鼓励我，说只要努力了、尽心了就是个好孩子。

我第一次自己醒得很早，然后自己做了早饭吃，向爸爸妈妈打了招呼去了学校。我想亲口对班主任周老师说声“抱歉”！可当上数学课的时候，进到教室来的却是一位陌生的老师，说以后就由他代我们的数学了。我们的周老师走了。后来我才知道她的离去不仅仅是我个人的错，也是我们全班同学造成的后果。我听着许多女生伤心悠长的哭声，她们说周老师是哭着走的，而且她说以后我们都会好起来的，只是暂时不懂事造成的结果。我第一次懂得了什么叫心痛，但我把自己的泪水吞进了心里。

在最后一个单元测试中，我终于考了 75 分，比原来足足多出了 50 分。我知道我自己付出了多少，我也明白班里所有的同学都不会再怀疑我什么了。因为我除了课间去一下厕所外就从来没有与谁说过话，我一直就趴在我的课桌上用笔写着写着写着……

五

暑假来临了，我书包里有我的考试成绩单。我不想说出我的考试分数，因为我说出来你也许还会怀疑它的真实性，我已经无所谓了，我常常在大街上听到刘德华的那首叫《笨小孩》

的歌："……哎呀，拍一拍呀胸口，你勇敢站起来，老天爱笨小孩……"

我们曾经是“笨小孩”，我们曾经很可爱！

射　日

谁也没有料到，就在龙年刚到一半之时，吴汪的儿子却没了，而所有的人，在内心期望着，千禧年的第二个龙年到来时，能够大吉大利，至少可以是风调雨顺。

吴汪家，位居远离闹市区的城乡结合部，而且又是两不管地带。北面是汽车渡口，每隔半小时，就有大量的车流从轮船上开下来，宛如暴雨过后的洪水般，势不可当；西面，是七八家大型河沙批发场，日夜穿梭着运输沙子的大型工程车辆，轰鸣声和喇叭声昼夜不断；南面，是某直辖市的钢铁集团，运输钢材的重型车辆来来往往，如蚂蚁搬家；东面，是一家大型化工集团，那根高大的烟囱，从来就没有间断地冒出浓烈的白烟，散发到村庄上空和周围，每当烟雾被风一吹，钻进家里，就能闻到一股酸涩和刺鼻的味道，让人不由得，接连打出好几个响亮的喷嚏。由于烟雾集聚不散，每到早晨或傍晚，能见度很差。这样的地理位置，你尽可以想象出，吴汪和他的乡邻所处的环境了，用兵家的俗语来讲，可谓“四面楚歌”，整个村庄就似一个被挤缩在海洋里的孤岛。

物极必反，说得难听一点的话就是，狗急了也会跳墙。吴汪的老婆也和村邻们里的那些蹒跚的老太太、那些退休的老爷子、那些下岗的大嫂和小媳妇们组成一个团体，在七月流火的阳光下，撑一把伞，或戴顶遮阳帽，搬着板凳和椅子坐到路中间，轮流站岗，日夜不离，宛如部队里的哨兵夜以继日，最终使得村后的马路上车满为患，导致交通瘫痪。刚刚被堵的驾驶员，免不了要和这些拦路的村民理论、争吵，甚至到了要大打出手的地步，但终究因为大多数是老头老太，也只是做个样子，撒个气发泄一下无奈而已，随后，也只能打 122 报警。交警来了，好说歹劝也没有用，那些嘴巴刻薄的小媳妇一句话就把警察给噎回去了：“要不，让你的老爹老妈到我们家住几天试试，保管叫你三天就变成个精神多动症。”市容也来了，来了很多人，像出操的队伍一样，穿戴整齐，一副大敌临近的势头，但没有人理睬他们，也没有谁敢做出过分举措，只能敷衍地说一下安慰的话：“天太热，何必呢，回去吧，别热出个好歹来，不划算啊！”

街道干部来了，劝说无效；区委书记也来了，好说歹劝，给了承诺，许了期限，一个一个才满腹狐疑、恋恋不舍、一步三回头地走回家去。

可是，在人们的期待中，上面给的承诺期限慢慢近了、到了，过期了三天、五天，然后是十天、半月，日子无限延长了下去。路面的灰尘又积满了厚厚一层，那些个大型的运输沙子、装载钢铁的重型车辆还是那样长驱直入，卷起的灰尘淹没了整个村庄。人们上班下班的时候，只能戴着口罩，见缝插针地从浓厚的烟雾里推着车子；赶上夜晚，还得小心躲闪地走过那一段没有灯光的路段之后，才敢抬腿骑上车子。原先说好，路面每日早晚各洒一次水的，前几天正常，一个礼拜后就开始象征性地走一下过场，宛如蜻蜓点水；家里面的门窗关得再紧，只要有事一出门，还是有大团大团的灰尘钻进屋来，每晚睡觉前，都要在被褥上抖落下厚厚一层有异味的尘埃，当尘埃落定，早已没有了睡觉的意思，只有满腔的无奈和愤怒，诅咒怎么会生活在这个该死的地方，简直不亚于人间地狱！

这是一个闷热的傍晚，吴汪下班回来，妻子还在公路上值班，锅里凉凉的，还没有做晚饭，吴汪就到院子后面的小菜园里揪了一些青菜，冰箱里还有两块昨日没有用完的豆腐，烧个青菜豆腐，再做个凉拌黄瓜，打个鸡蛋，做了简单的西红柿汤，然后就去换老婆回来吃饭。正常，他们一般要到夜里十二点才散伙。这不是谁的规定，而是长期“战斗”得出的经验。十二点过后，就没有什么车辆来往了，该休息的都休息，该绕道的也就不再经过此地了。

吴汪刚在妻子的小板凳上坐了不久，天就变色了，忽然间狂风大作，昏天黑地，几乎是伸手不见五指。这样的天气，其实在夏日是常有的，只是所有来守路的人都没有带雨具，而前后的车辆大多数也都转头绕道去了。没有前来的司机，也都知道了路又被堵塞的消息，车子就几乎没有了。

已经有几滴大雨点从天空砸落下来，打在人的脸上和头上，能感觉到生疼的凉意。没有谁喊叫，也没有谁发出命令，所有守候的人都提着板凳，摸索着跑回了各自的家里，关上大门。窗子是无须插锁的，几乎一年到头就没有打开过。

吴汪刚冲进家门，正准备把大门关上，老婆就喊，别关，儿子还没有回来！可是因为风大，老吴还是把门闩插进去了，然后回头说："那小子又跑出去打鸟了，这会子可能在哪个同学家避雨吧。等会儿风停，不下雨了，没有回来，我再去找他回来吃晚饭。"

雨，一直在下，瓢泼一样；风也一样，呜呜的，没有停息的迹象。老吴和妻子开始焦急起来，已经九点多了，儿子在谁家也该打个电话回来说一声的。以前这样的事情也不是没有，都是打电话回来说了，而且还在同学家过夜呢。男孩子嘛，总要有几个朋友的，何况，儿子吴雨还是同学和朋友们眼里的神射手呢，弹弓打得一流，真的是"弹无虚发"的那种水准。

在风雨的陪伴中，老吴和妻子一夜都没有合眼。南京这地方真就与别处不同，下雨基本上是傍晚或者夜里发生，白天居然很少。

窗外有了一点曙光，吴汪刚走出大门，迎面就碰到了早起晨练的李大爷。李大爷一把就拉住了吴汪的手，嘴巴哆嗦着说："快，快点，你家的小子在路上被车子轧着了。"吴汪的头嗡的一下，眼睛一黑，差一点儿栽倒下去，好在李大爷的双手正好拉扯着他。屋里的女人也听见了，还没有跨出来，就大声叫喊着“我的孩子！”然后冲向屋后的马路。

孩子已经没有一丝气息，鼻孔和嘴巴都有血迹，包括地上的一摊，已经凝干了。一辆破旧的长安面包车停在旁边，车主已经不见了。那把弹弓还插在儿子吴雨的上衣口袋里，露出一大截皮筋来。吴汪两口子先是急慌慌地抱起儿子，当他们摸到冰凉的手，看到苍白的脸，感觉不到儿子胸脯起伏的时候，都狼一样嚎叫起来：“我的儿子——小雨——”

号哭声打破了黎明的寂静，惊醒了沉睡的村民，人们陆陆续续地来到出事地点，叹息声、劝解声、咒骂声、报警声混杂在一起。

警车很快就来了，似乎不是因为人们刚才报警才来的，不会这么快的。当一个年近四十的人随着警察下车，说自己就是面包车司机的时候，人们才明白，他是去自首并报了案。好在没有逃逸，人们这才停息了咒骂。但是吴雨的妈妈“啊”的一声奔过去，一把就撕扯住司机的头发，狠命地摇晃着，一边喊叫着“还我的儿子，还我的儿子！”，一边不停地捶打着他的脸颊、肩膀。

当又一个消息说，驾驶员的车子只有强制险，而没有其他几项的保险时，人们愤怒地捡起路边的石头和砖块把面包车给砸得叮咚响个不停。驾驶员只是木讷地站在一边，无动于衷，最后说：“我是急着要去接一个赶头班车的客人，没有注意路边突然跑出来一个孩子。那时候黑灯瞎火的，发现时已经来不及了。如果有路灯，我会看得远一些，也就不会出现这样的结果了。我家也没有什么钱，出来跑黑车，赚点小钱补贴家用。我赔不起，我愿意坐牢。”

吴汪绝望地抬起头，仰望着慢慢明亮起来的天空，几只麻雀在树梢叽叽喳喳地追逐着。

警察做好了笔录，让面包车主签字，然后叫了殡仪馆的车，带走了驾驶员，留下吴汪和妻子，还有那些长吁短叹的村民。

后来，吴汪才从同村的王军父母嘴里知道，吴雨是在王军家躲雨的，原本以为下一阵停了就可以回家，但雨一直没有停止。那时候雷电交加，电话是打了，手机信号很弱，总是接听不通，就等天亮了才往家里跑，哪想到，就——

夫妻两个在邻居们的帮助下，木讷地把孩子送上墓园，然后回到空荡荡的家里。缺少了孩子的家，没有一丝生气。妻子的喉咙已经发不出一点儿声音，只能任凭泪水在脸上恣意流淌，连擦拭一下的心情都没有了。

吴汪也突然变成了哑巴，常常失魂落魄地徘徊在夜色中，手里拿着儿子那把弹弓，偶尔扬起手，做出一个射击动作，一直到深夜也不知道回家。

没有过几天，村边的马路上，竟然安装上九盏路灯，原本漆黑的路面一下子就明亮起来，夜晚也如同白昼了。那九盏明晃晃的灯，就像九个太阳悬挂在村子的上空。人们这才感觉到方便了很多，遇着同村的人就说，早就该安装路灯了，推来推去的，非要出事了才补救，为什么总是这样，事后诸葛亮啊！

人们还没有高兴几天呢，村边的路灯就一盏接一盏地熄灭了。原先，都以为是线路问题，来人检查了，不是线路不通，那就是路灯质量不过关，直到电工爬上去，摘下来一看，外面的那一层护罩爆破了，连同里面的灯芯也断了。电工感到蹊跷，灯怎么会这样坏掉呢，风再大也吹不坏的，何况，里面的灯芯也断了啊？接着，又是一盏路灯破碎了。有时候一夜里会同时坏掉三盏或五盏，这就让人不解了。有人就说，昨日凌晨，下夜班回来，看到一个模模糊糊的影子在路边的树影下一跳一跳的，然后就突然不见了。越说越像有鬼了。直到有一天夜里，九盏路灯一下子全破碎了，村子又陷入一片黑暗中，人们才感到了恐惧，有人就偷偷地报了警。

又过了一些日子，所有坏掉的路灯再次安装起来，派出所的民警就从本村里找了一个愿意值夜班的大爷，偶尔出去转转。

这是一个没有星星，也没有月亮的夜晚。值夜班的大爷悠闲地徘徊在路上，没有什么车，时间已经临近午夜，正走着，远处第九盏灯突然就灭了。老大爷一惊，立刻躲进了树影里，悄悄向第八盏灯方位摸过去。在暗影中，他看见了一个人，正是吴汪。他从衣兜里又摸出一颗石子，塞进弹弓的橡皮垫子里，抬起双手，右手一拉、一放，路边的第八颗灯就随之熄灭了。老大爷甚至都听见了路灯受到射击时，当啷的一声，也听见了坠地时那一声哗啦的破碎之音，随着这些声响，吴汪嘴巴里发出了："打下两个太阳，还有七个，下一个，第七个。"

老大爷怔住了，他没有想到竟是吴汪。他此时才想起，为什么最近吴汪白天总是不出门，偶尔想进门去安慰他们夫妻几句，但都看到大门紧关着。这是可以理解的，中年丧子，是人一生里最大的不幸。这些伤痛，只有他们自己慢慢承受，慢慢化解。

老大爷没有走过去，转身默默地回家去了。

终于有一天，吴汪被派出所的值班民警当场抓获，但关了半天，还是放了出来。因为他的老伴已经躺在床上半月没有起身了，什么都不想吃，偶尔喝一点流食，意识渐渐迷糊起来，嘴巴里只有那一句话："小雨，天亮了，你别怕，妈妈陪着你！"

终于，在这个龙年的夏天，拆迁的事情得到了解决。由本市和直辖市共同出资，解决住房问题。拆迁的时间很快也有了眉目。接着，就有人来量房、测地、算平方，似乎事情进展得令人满意。过渡房也定了下来，人们陆陆续续开始搬迁。谁不想尽早离开这个鬼地方呢？

吴汪家是最后一个离开的，只有吴汪夫妻自己心里明白，漫长的思念才刚刚开始。

请教自己

一

从生活的某种意义说，我也许真的是个不务正业的家伙：整日里，不是手捧着本书仰躺在床上嘴里念念有词，就是静坐在书桌前手捏一支笔做一副思考状。屋里满地都是杂乱的书刊和被我揉皱、扯碎的纸片儿，偶尔被窗外涌进来的风一吹，便满屋子飞扬，风一停又散落于屋内四角的墙边，宛如冬日飘落的雪花。我也有闷急的时候，这时便瞒着老婆跑到县城，在那些大大小小的书店或书摊前转悠几圈，用平时抽烟节省下来的钱买上三两本既廉价又认为很好看的书刊，然后回到家里重复与往日同样的事儿。为此，老婆没少跟我吵，打冷战，弄得我经常是坐立不安且又六神无主。但每次我都耐心地说服她："当初我们能结合在一起，就是因为你看我发表过几篇作品、得过几次奖、去过几处有名气的风景胜地。你别看我最近一年没了作品问世，没了稿费，可我是在更加深入地研究和思考文学上的问题，然后重新调整一下自己的写作心态。”

严格地说，我算得上是一名有责任心、有历史使命感、有特殊个性和风格的小文人。我不愿总是去重复自己或别人，那样对自己和别人都是不负责任的表现，也是一种对生命的浪费。既然立志要做一个严肃、正派、有良知的作家，就得对自己、对读者、对社会和历史负责。或许你听了心里窃骂我大言不惭。

现在如闹市一般的文坛可谓日新月异，呼出了多少种口号、打出了多少面旗帜：什么荒诞派、意识派、先锋派、现代派、写实派；什么现实主义、魔幻主义、新写实主义；什么乡土小说、寻根小说、新体验小说；等等。所以，我想该放下笔来好好梳理一下自己被搅乱的思绪和心态，认清形势，去走属于自己的文学之路。

是的，我想我该走出小屋，走出自己，到外面去呼吸一点儿新鲜空气，或去拜访和请教几位文学界的名家前辈，希望得到他们的指导，以便我能更好地进行创作。

我的居所离县城不远，十元钱就能够一次来回。但我不打算去县城，尽管县城比省城近得多。我知道现在的县文联、县作协已然只是空架子：文联主席是位六十多岁的老学究，偶尔写出两首旧题新词来装饰着门面；另一位挂职作协秘书长的博君三十几岁，写新诗。我看过他一些作品，但琢磨了半天亦不知所云，我只能怨自己才疏学浅和孤陋寡闻。可他那大腹便便的体态却给我留下了深刻的印象，宛如一经商发了的款爷，从哪儿也瞧不出一点文人的气质和风度来。唯一有位省作协的会员赵君，却如今身兼电视台台长、县政协委员等职，整天忙于采访、编审、会晤诸事。我想他大概不会有时间坐下来和我神侃文学的。所以，我准备带几篇刊发过的作品去省城拜访文坛上的名流和各刊的编辑。我的期望值很高，我认为我的前途一片光明。

二

坐在开往省城的班车上，我开始寻思着先去拜访谁呢？慢慢地，我的脑海里便浮现出一位位熟悉的或陌生的姓名、地址和电话号码。

我首先想到了省里重点纯文学刊物《思潮》的主编贾谊。他是中国作家协会会员、省作协主席。我读了他不少作品，所以对他有较深的了解，当然我说的了解也只是从他的作品中得来的。我还给他寄过我的处女作和读他作品后的随感。我想他会记住的，至少他该不会对我报出的笔名感到陌生吧。

两个钟头就到了省城。下了班车，我在公共电话亭里拨通了《思潮》编辑部的电话。接电话的人告诉我说今天是双休日的头一天，他是值班的。我赶紧说我找贾主编有要事汇报，值班的说你到他家去看看吧，随后就告诉了我贾老师家的地址和电话号码。于是我就坐上了通往贾主编家的公交车。

我没有想过我见到前辈的时候该说些什么，我相信他们会悉心指导我这样的文学青年的。因为我常常在他们的刊物的扉页上看到印有“扶掖新人”的字样。我以为我只要对他们说明来意便可以了。因为我总认为前辈们都有老退的一天，未来的文坛该由我们这一代后生来支撑和维持下去的。我想我以后老了，无论我是多么有名望，我一定会搁下手里将要衰老的笔，把我仅剩的余热传递给那些如我此时需要帮助和扶持的文学青年，尤其是来自农村的那部分渴望引导和点拨的作者，让我的文思、文风、文格得到进一步改进和延续，那样我便觉得我的生命无限，也就不枉此生到世上走一回。我想着想着就在不觉间“呵”地笑出声音。车上挨着我的几个人用诧异的目光探视着我，仿佛我身上有什么怪物附体一般。

下了车，我提着装着作品的包开始探问记忆中存留的贾老师家的地址。我在一片高耸的单元楼群转了几圈就在不觉中失去了方向。太阳被大厦挡住了，一栋栋楼房在我不断地转悠中幻化成了一只只挂在半空中晃动着的鸽子笼。身边总看不见一个人影，每个房间的门都是紧闭的，似乎主人全出了远门一样。因为我们乡下就是这样，只有出远门的时候才把门加上锁，人在家时，哪怕只是一个不识世事的孩子在家也是不锁门的，每逢夏季，更是白天长夜地敞开着大门也从不少一件东西。在吃早饭或晚饭的时候，乡邻们都随意地串着门，不是他从你家的菜碗里夹一团小菜，就是他从我家锅里盛一碗稀饭，一边吃着一边拉扯着家长里短，那份亲热与和睦宛如是分家过日子后的一家人。

我一边想着，一边仍在来回地转悠着，不知该去敲哪家紧闭的门，我怕被一双陌生而冷漠的眼睛扫射一阵后，便“咣”地一下把我拒绝在外边。我想我的贾老师该不会用这种态度来接待我这个心怀虔诚的乡下的文学青年的拜访吧？天空突然涌现出几片硕大、厚实的阴云，使原本就不见阳光的空间更加深浊，许多清晰明朗的东西突然间变得模糊起来。我的心开始收缩着，一股焦虑和忧伤掠过心头，眼前所有的楼群、树木似乎布成了一座难以走出的八卦阵，我困在里面已经不知该何去何从。

三

我不得不再次跑着到处寻找公用电话，好不容易才在一家居民窗前看到了电话标牌。我迫不及待地再次拨通了《思潮》编辑部的值班电话。值班小姐又是一口气报出了贾老师家的电话号码。我很怕走几步就会忘记那几个排列凌乱的数字，随手按了下电话键就拨了贾老师家的电话号码。

接电话的是个女人，她问我是谁和找哪个。我没有直接回答她，我知道我一报出我的身份，她一定会代贾老师拒绝我的。我说我有些紧要的问题要向贾老请示，电话那头就说你来吧，老贾在家里正玩牌呢。

我终于还是站到了贾老师家门口按响了门铃。开门的是个四十多岁的女人，她一看我就说："是你打电话吧！进来吧。"我换了一下摆在门口的拖鞋随贾师母来到了客厅。

一进屋，我就看见客厅中央的吊扇下围坐着四位年龄皆在五十岁上下的中年人，他们脸上都贴着长长的纸条。我不知道哪位才是我要拜访的贾老师，可是现在又不好过去打扰他们的兴致。好在贾师母从里屋端出瓜子和烟来解我此时的尴尬。然后她对一位坐在北面的人耳语了几句，就对我笑了笑，进了她的房间。

贾老师回首望我，透过老花镜射来的目光是慈爱的。他用目光示意我坐下来后，简略地问了我几句就把目光收回到手中和桌子上的牌上去了。

我只好就那样呆坐着，眼巴巴地望着他们你争我斗地继续着，不知何时结束。我只得耐心地等待着，瞧着他们那份浓厚的兴趣，一时半会肯定是停不下来的，我的心里空落落的。

我百无聊赖地扫视着贾老师屋里的摆设：四边的墙壁立着高大的书橱，到处都是书刊，但很整洁，看着让人从心里生出一股清爽之气。我的目光一直滞留在那些整洁的书册上面，这么多的书，贾老师都看过了吗，能看完吗，那么摆着是为了随手拿时方便，还是用来装饰墙壁？我多想走过去，抽一本书来解我此时的空虚。可我不能，这是我陌生的地方，我不能如在自家时那般自由和随便。我望着那一排排伫立不动的书，心里就有些忧伤有些失落，一如我每次走进书店时却不能潇洒地购回自己钟爱的书那份感觉一样。如今的书多且贵，一本书就抵得上我两个星期的烟钱。我多想张口向贾老师借几本书带回家好好看看，以后抽空来还他。

在我思绪飘飞时，贾老师不知何时在我身边坐了下来，抽出一支“云烟”抛给了我，然后从裤兜里捏出一个精致的打火机“啪”的一声打燃，送到嘴边的烟嘴上深深吸了一口，随着喷出一股长长的烟柱来，一副悠闲陶醉的样子。

我再次对贾老师报出我的笔名，希望他能恢复对我的记忆。但从他的表情里我知道他并未记起那个曾经向他投过稿、写过信的我。我很想讲起我对他的崇敬和信任，可又找不到合适开头的话题。我感觉到我的微笑久久地僵持在我的脸上。

贾老师这时候满脸慈祥地对我说：“小伙子，你对文学的追求很真挚很痴迷，我感到由衷的高兴和欣慰。从你们的身上我看到了中国文坛的希望。你从老远的乡下跑来请求指教，其精神可嘉。这样吧，我给你介绍一位老师，等会儿我拿笔写上他的地址和电话。”贾老师说着就开始拿笔写了起来。

我接过贾老师递给我的便条捏在手里，心中却忐忑不安。我不得不告辞了。我说：“我走了。贾老师，打扰您了，谢谢您！”贾老师站起身来拍拍我的肩膀说：“我确实很忙，管理着一份不大不小的省级刊物，还有一帮子人要管理，实在是抽不出时间来指点你。其实文学这东西是靠自己先知的头脑和丰富的生活阅历及人生体验，加上准确的文字组合而应运产生的艺术。别人帮不了你什么的，关键是看你能否拿出真正有价值的、普遍的、有代表性的作品来获得大家的认可。”

我怀着一份不知是失落还是高兴的心情走出了贾老师家的门。当身后那道门又“咣”的一声关上时，我的心底掠过一阵凉意。这时，一点风也没有，看着川流的行人和车辆，感觉竟是那么陌生。

四

我百无聊赖地从衣兜里掏出贾老师要我去拜访的老师的地址。展开，上面只是简略地写着几行字：“易水，省作协会员，家住文联大院内，电话是4454944。”

一抬头，就有电话亭，我走上去拨通了电话。

我不知道接电话的人是否就是作家易水，我告诉他我是《思潮》主编贾谊老师介绍过来的文学青年，希望得到他的指导。话筒那边很客套地“哎啊”了一阵后说：“这样吧，小伙子，我正在赶制一篇中篇交差，近段时间真不能中断构思和写作，你留个电话给我，我到时一完稿就通知你来，行吗？”

我沉默了足足有30秒钟后，还是带着似乎有点卑下、有点乞求的声调说：“我来一趟省城真的很不容易。眼看就要收割稻子和播种小麦了，一忙起来就不知何时才能有空（其实，我是不甘心就那样两手空空地回去，我怎么向老婆解释呢？）。”易水老师听完我的话后说：“是这样呀，真有些难办。我确实抽不出空来，又不忍心你白跑一趟。”接着他又告诉我他在省城还有个朋友办个叫《新生》的刊物，主编叫汪伯乐。此刊物多数发表无名作者和有较深文学功底作者的作品，也向一些名家约稿提高质量与声誉，但最注意培育和发现文学新秀，发行量还不错。听说他前两年还专程下到农村基层去了解和发现了不少文艺人才，回来后就办起了《新生》文学杂志，想来如今该会更好吧。易水说：“你去吧，我再挂个电话给他，你会得到他的帮助的。就这样，你看行吗？”他说着就把一个电话号码报了出来。

我听出了易水话语中有了不耐烦后的急躁。我只好说声谢谢后放下话筒，付了话费，然后去寻找易水说的《新生》文学杂志社。

走在路上，一阵秋风吹过，路两边的梧桐树上落下片片黄叶，它们打着滚儿翻向街心或商场大门口。

五

当我走进《新生》杂志社的时候，看见一个人坐在办公桌边，前面堆放着一摞高高的稿纸和各色信封。他是那么专注地审阅着稿子，那支捏笔的手不时轻巧地敲打着自己的鼻尖。我轻轻用手敲了下门框，然后便见他抬起头，放下笔，站起身，笑吟吟地走向我，伸出手与我握在一起问道：“你就是刚才易水电话里说的那位朋友吧，欢迎欢迎。听说你已经跑了几个地方，来来来，喝杯水解解渴。呵呵呵……”

我握着有些烫手的茶杯，低着头，轻轻吹着茶屑，真的已经不知该如何开口了。

“小兄弟搞创作几年了？发过多少稿呀？”伯乐老师很关心地问起我的创作情况。我像小学生回答问题那样一一如实作了回答，然后便在心里等待他对我说些有用的“金玉良言”。

“小兄弟。”易水看着我说，“你是我老友易水推荐来的，我真该如你所愿那样讲些人云亦云的东西，可我自认没有那水平也没那资格。我也不过是个二三流的写手而已，而且近两年是一天比一天忙，就连双休日也被占用了，再加上自己还不得不偷闲来创作一点东西装饰门面。说真的，要是前两年下到农村基层去发现的真是一些好苗子，如果培育正确，出几个大作家想来是不成问题的。你看，桌子上这些东西就是我以前所惹的祸，每天都被淹没在这些既幼稚又可笑的文字中无法走出来。唉，现在想来真有些哭笑不得，我只希望他们能少一些天真多一份成熟，多思少写，寄一点有质量的稿子来就好了，不然总有一天我会被搞垮掉的！”

我终于决定离开《新生》编辑部了，因为我不忍也不该再平添伯乐老师的工作压力和精神负担。我听出他话语中散发出疲惫与无奈的信息。我说：“我该回去了，真的不该来打扰和麻烦您的，真的很抱歉，请您谅解……”

我正要站起来走向门口时，伯乐老师喊我稍等一下，说是能否把我带的稿子留下来，如能刊用马上通知我，然后又从桌子的抽屉里拽出一沓纸来翻了几张，拿笔在一张纸条上快速地抄写了一会儿后，转身递给我说："这是你们县的一个文学青年的地址和名字，那是在'九七作家之路、庐山笔会'的通讯录上的。你来一趟省城确实不容易，你如果能和他联系，加速交流，总比你老往省城来有用得多。唉，现在真他妈的累，搞不好一不小心就掉了饭碗下了岗。好了，不说了，你以后多来稿多联系，也祝愿你梦想成真。"

我不能不伸出手来接过汪老师好心给我的文友通讯地址。我还是没有留下我的习作。

我辞别伯乐老师后，坐上公交车来到长途汽车站买了返乡的车票，然后等待车启动。

六

坐在回乡的班车上，我感到一阵疲惫，浑身酸软得像散了架一样无力，双脚沉重得如坠着两块巨石，嘴巴干渴欲裂，可是却又没有一点食欲。我回想着今天的经历，宛如走上了一段长长的没有尽头的路。我想，也许还是贾老师说得对吧，文学是属于个体的创造，不依赖于别人什么，关键是自己要有真才实学。

是的，我想我不能依靠别人什么了，现在生活节奏这么快，谁不忙不累？我也不是在东奔西跑着去打扰别人吗？我该回家安下心来，静静地想点儿什么，默默地做点儿什么，不要轻易地去打扰别人的梦，无论是有心造访，还是无意的打扰。沉默并不意味着麻木，沉默中依然有创造、依然有辉煌！

下了汽车，我走向通往我居所的乡间小路。那条长长的狭窄的小路，依然要走过去的，而且要从从容容地走下去。我望着田野里金黄一片的稻田和饱满的玉米，慢慢咀嚼着秋季的苦涩和丰收的喜悦，将灿烂的笑颜充溢在小路上。

我从口袋里抓出那张伯乐老师留给我的文友通讯地址。我想看看与我同县的他居住在何乡，如果可能的话，我会去结识他的。当我扯开两端纸头定睛一瞧：完完全全是我在投稿时所署的地址和笔名。

我哈哈大笑着慢慢地撕碎纸片，随手一扬，撒向田野，让风一吹，宛如冬季里的雪花飘荡在秋日黄昏的天空。

一声惊叫

距离珠龙镇五公里处的山洼里有一所部队办的对外开放的驾驶培训学校。虽然驾校地处偏僻，但前来报名学驾驶的人依然是络绎不绝，原因有三：一是离县城较远，可以节约额外开支；二是学费相对城里要便宜好几百元；三是部队办学，给人感觉上比较正规和可信。

由于正赶上暑假，学驾驶中成人和学生各占了一半，比平时竟多出好几十人来。因为学校明文承诺过每台车分学员六至十人，那样便于教学和管理，也好让学员更快更早学会技术拿到驾驶证。因此，学校又不得不向外公开招聘教练员。

在分配学员那天，我听见有人在小声嘀咕说，千万别分到张教练车上，如果分到他名下，那样就惨了。不知情的学员只能丈二和尚摸不着头脑，听说过内里的人都抿嘴暗笑。

后来我才明白，张教练是这个学校的老教练员了，他是城里人，平时每周回一趟家，而且是个好贪小便宜又耐不住寂寞的人。他在教练之时，经常明言或暗示着向本车学员索水要香烟，最头疼的是在你即将毕业考试时节会用玩笑的口气半真半假地说：“都要出师了，你们也不表示表示？镇上那么多好玩的东西，哪天我们去乐一乐，潇洒一回。”每个人都明白他所说的乐子和好玩的东西是什么，因为这已经成了公开的秘密。虽然也有人提议向校长反映，但这种事又不好说出口，毕竟这不是一个人的事，你愿请就掏钱，不愿就拉倒，更何况一批学员十来个人，每人也就是一二十元的事，没有什么大不了的，倘若在县城学车不知道要多花几倍呢。不说请教练了，单是一个车上的学友一到下班了，总会出去聊聊叙叙的，别人都请了客，你总不能老是白吃白喝吧？请！然后一围就是一大桌人，心疼也没有用。县城还有那么多娱乐的地方，比如网吧、电影院、台球室、游戏厅，有多少钱挥霍不掉？听在县城学出来的师哥师姐们说，学费是3000元，没有个四五千是拿不到驾照的。这样一对比，花那么一点儿小钱就算不得什么了。毕竟我们这个学校只有一个大食堂，是没有地方请客的，学校还有规定不准请吃送喝，每天晚上九点半熄灯就寝，违犯者停学一周。

一个多月时间就在练车、吃饭、睡觉的三点一线中很快过去了，考试期限日渐临近。训练期间，几乎每一名学员都向教练敬了香烟送了冰红茶，教练教得也不可谓不认真、不卖力。所有的学员开车技术突飞猛进，用我们张教练的话说“毕业考试是不成问题的”。

明天是训练期限里最后一个双休日，也就是说，要与我们的教练分手了。下午太阳一落山，我们的教练就笑呵呵地对我们说：“大伙的倒桩技术和路考水平都达到过关水准，为了我们共同的收获，是不是今天晚上去庆祝一下呀？我已经给你们城里的师娘打了电话说回去晚一点了。都要出师了，大家也不请我去喝口鸡汤？以后都出去混大了，也不会记得我这个老师了，就算是‘最后的晚餐’了吧！”教练说得那么“动情”，“感动”得我们简直是“无语凝噎”！

在教练把车开入车库时，我们十几个人讨论了一下，最后有八个人愿意出钱请教练到镇上潇洒走一回。八人中，吴超这时候神秘地笑笑说：“哥们儿，今晚你们只须陪张教喝酒吃菜好了，至于他想吃的‘鸡’由我来搞定。”吴超在我们中间算是个老江湖了，他原来就是在外开车很多年了，此次是为了重新考证，根本就没有在驾校待几天，相对来说开销比我们少得多了，认为他肯多花一点也是理所当然的。

晚上，我们都早早地冲了个凉水澡，然后簇拥着我们的教练出门拦车来到了镇上一家颇有档次的酒店。落座点菜要酒，不大工夫就在你敬我回中敞开了肠胃。八个人是轮番向教练敬酒上烟，没有多长时间，我们的张教练就渐渐地话多舌硬起来。此时吴超站起身来举杯对教练说道：“张教，你辛辛苦苦教我们一场，在我敬你之前我有个小小的请求，就是在我们都还没有喝醉的情况下，你能不能把你家的电话告诉我一下，然后我好在你不能回去的当口儿让我们的小师娘放心或给你开门。”

教练很爽快地报出了自己家的电话号码，然后又接连喝着徒弟们的敬酒。又是一阵推杯换盏，我们发现张教练坐着的身子开始摇晃，说起话来也结结巴巴了："够了够了，徒弟们，我们不是还有节目吗？"

吴超第一个站起来说："哥们儿继续陪着张教练，我和陈林去去就来。"然后便笑嘻嘻地拉了我走出酒店包厢来到店外，掏出手机拨通了我们教练家的电话。只听吴超问道："是张师娘吗？我们是张教车上的学员，我们今晚在镇上宴请教练，张教喝高了，他说让你来接他回去。他叫你在珠龙大酒店二楼四号房间等他。你要快点来呀，我们要回驾校了，晚了我们可是进不了门的。好的，就这样吧，再见。"

十几分钟之后，我们透过包厢的玻璃窗看见一个女子上了二楼。吴超赶紧站起身对我们使了一个眼色后对教练乐呵呵地说："张教，我们已经把你喜欢的'鸡汤'准备好了，在上面二楼 4 号房间，你一定会喜欢的。我们也该回去了，以后有机会我们会去拜谢您和师娘的。"我们的教练一边答应着好的好的，一边晃晃悠悠地攀向二楼。

当我们刚走出酒店拦了两辆的士时，所有的人都清晰地听到了从二楼的窗口里传出一声惊叫。

冰冷的夏天

我只记得，我来到这个世界刚刚两年，妈妈就离开了我，去了有婆婆和舅舅的那个城市生活，再也没有回来。后来，我才知道，妈妈和爸爸离婚了，我跟了爸爸。难怪妈妈离开我的时候哭得那么伤心，我是第一次看到妈妈号啕大哭的样子，也是后来，我才知道，那种号哭就是绝望。

妈妈是在冬天要结束的时候离开我的。我还记得，那段日子，爸爸经常不回家，妈妈一个人带着我睡觉，我在寒冷的夜晚被妈妈温暖的怀抱环绕着的时候，我还在心里偷偷地感激过爸爸，他整夜不归给我机会享受妈妈的温暖！

现在，已经是春天，虽然很多花儿都盛开了，可是我却感觉不到它们的美丽，没有妈妈，也没有伙伴的时候真的很没劲。我还是日夜都盼望妈妈能回来，想念妈妈温暖的怀抱。爸爸总是要我一个人睡觉，连个故事也不给我讲，他一回来就上网，要不就是打游戏，要不就是聊天和看电影，让我一个人无聊地摆弄着那些早已玩腻了的破旧玩具。偶尔，会从半开半掩的窗口钻进一阵风，吹到我身上，感觉还是冰冷冰冷的。这时我会感到一阵颤抖，可是妈妈不在了，不然她一定会在这个时候赶紧给我披上一件外衣，或者连忙跑过来把我搂进怀里。我觉得，妈妈的怀抱，才是这个世界上最温暖最可靠的地方。可是，妈妈离开了我，只是偶尔打个电话问我吃了什么、穿得暖不暖和。当我哭着说想她的时候，妈妈在电话那头也嘤嘤地哭着对我说，儿子要乖，过段时间，妈妈就来看你。这样的事情发生几次以后，我就知道妈妈在说谎话，妈妈在骗我。我不知道妈妈为什么不回家，为什么不要我了。我常常一个人在夜里用被子盖着头偷偷地哭。我不敢被爸爸听见，也不敢被爸爸发现我在想妈妈。他总在我面前说妈妈不好，说妈妈不爱我，也不爱这个家了。

再过一段时间，我就要上幼儿园了，爸爸经常把我拉到他面前，一脸认真地对我说："以后爸爸不在身边的时候，千万不要和陌生人说话，别人给你再好的东西都不能接受，更不能跟别人走。"我问为什么，爸爸就告诉我说："现在到处都是骗子，专门骗小孩子，然后把你带到很远很远的地方给别人干很脏很苦的活儿，还每天吃不饱，还有的被卖给别人做儿子，会被打，没有衣服穿。"在我不相信的时候，爸爸会拿出一张报纸读一个故事给我听，都是小孩子被拐卖的故事、爸爸妈妈找孩子的故事。还有的时候，我刚要睡觉，爸爸会突然把我拉到电视机前，让我看一个很长很长的新闻，里面就是爸爸妈妈、爷爷奶奶、叔叔阿姨寻找孩子的故事。我看到电视里的那些大人哭得好伤心，还有的会打自己的嘴巴，也有几个爷爷奶奶向警察叔叔下跪和磕头，求他们要帮着找回丢了的小孩。

我这才害怕了起来。爸爸上班去的时候，告诉我冰箱里有吃的和饮料。他总是把门从外面锁紧，我只能一个人闷在家里看动画片，唯一能陪我说话的，就是那个可以跟我学说话的电动小猫咪。当我实在玩得没劲的时候，就拖个椅子到窗口，爬上去站起来，透过玻璃窗户，望着楼下的大路上那些车子和人流。因为爸爸每次都严厉地警告我，不许打开窗户，所以我听不见外面的任何声音，那些车辆和人流都是无声的，就像我每次看够了动画片把声音调到最小，几乎听不见音量。那些车子就像不发声的甲壳虫一样，那些来来往往的人都成了我眼里的木偶。

就这样，夏天不知不觉已经来了，我穿的衣服渐渐减少了，这样我自己就可以学穿衣服了。爸爸说，再过十几天，我就要上幼儿园了，那里面有很多很多和我一样大的小朋友，还有很多很多的玩具和妈妈一样漂亮温柔的阿姨。我听着这些话，心里就盼着早点去幼儿园，一个人在家太无聊了！

爸爸在休息的时候，也会拉着我的手，到楼下的烟酒小卖部买烟，顺便和那个笑呵呵的老爷爷聊天。几次过后，老爷爷就认识了我，他总会摸我的头，拿一些零食给我吃。

爸爸只有在下班的时候带我去菜场买菜，有时候，他明明是拉着我的手，可是一会儿，他就会放开我，去翻看一些摆设的很好的蔬菜，这时候，我就会跑到门外的超市去坐那个电动的摇摇车，一投进硬币，它就会不断摇动起来，还会唱出喜羊羊和灰太狼的歌。可是，大多数都是还没有坐完，爸爸就会从菜场里跑出来，对我凶巴巴地喊："谁叫你跑出来的，啊？跑丢了你就没有爸爸了！"然后他会使劲地拽着我走回家，嘴巴里还一个劲地说："你真的要我跟人家那样，把你身上拴根绳子，套在我腰上才行。总是乱跑，哪天我突然忘了你在身边就坏了。不省心的孩子。"我听着爸爸的话，不敢再说什么，我知道爸爸是为我好，怕我弄丢了。在这个城市，我没有爷爷奶奶，只有爸爸，连一个可以玩耍的小朋友都没有。

今天，爸爸又带着我来到菜场，可是，还没有开始买菜，他就遇到了一个熟人，是个漂亮的阿姨，好像是爸爸以前的同学。他们聊得很开心，就把我给忘了，我又跑向外面的超市，在摆着玩具的柜台边玩弄起来。那么多好玩的东西，我也忘了我玩了多久，直到听见外面传来沉闷又响亮的雷声我才想起来，我该去爸爸那儿了。可是我回到爸爸刚才说话的地方，爸爸已经不在了。他是送那个阿姨走了，还是回家了我也不知道。我想起爸爸一再告诫我说，以后不管我在哪里，都要在原地等他，他一定会回来找我的，千万不能跟别人走，也不能相信任何人的话，很多都是骗小孩的坏人，只能相信警察叔叔，警察叔叔会救孩子。

菜场外面不远的地方，有一根电线杆子，那是我和爸爸每次来回都要经过的地方，所以，我就站在那里等爸爸，他一定会来找我的。

天空越来越阴暗了，雷声有时候从远处呼啦啦就飞到我的头顶咔的一声炸开了，我惊恐地用双手捂着耳朵，眼睛也紧紧地闭上。

有路过的人在朝我看，也有的会朝我喊上一声，要下大雨了，还不快回家。我捂着耳朵，什么也不说，我怕回答他，他就会跑过来把我带走，我在等我爸爸。那些人只是喊上一声，就匆忙跑远了。

有一滴大大的雨点落在了我的身上，有时候会打到我的脸上，冰凉冰凉的。风也越来越大，卷起地上的垃圾袋和灰尘满天飞舞。一个老爷爷跑过来，拉起我就走，我一使劲就挣脱了他。我要等爸爸，不然他会找不到我的。

老爷爷说："我认识你，孩子，要下大雨了，你先到我家里躲一躲，等不下雨了再说。"我还是不听老爷爷的话，因为我怕我刚走，爸爸就来找我，那样我和爸爸就会错过了。老爷爷说："傻孩子，跟我走吧，等会儿雨停了我送你回去。"我说不，我没有家里的钥匙，钥匙在爸爸那里，我家有两道门，一道很厚很厚的防盗门，还有一道是很厚很厚的木板门。

雨点越来越大，也越来越密集了。老爷爷又拽了我几下，我一手抱着电线杆，一手使劲地挣脱他的手，大声地重复喊着，我要我爸爸，我要等我爸爸，他要我不乱跑，在原地等他，他会来接我的。我只相信警察叔叔，只有警察叔叔会救我的。

老爷爷终于丢下我跑远了，大雨哗哗地从天空泼洒下来，我的衣服一下全湿透了。有几个路过的人看我一眼就匆匆地跑走了。我看到一个和爸爸年龄差不多的男人，边跑边用手机在打电话，我只模模糊糊地听见他在大声地喊，派出所，菜场……

路上没有一个人了，全世界只有哗哗的雨声，我紧紧地抱着面前的电线杆子，上面也流淌着急促的雨水。我还看见，一根小拇指粗的铁丝缠绕在电线杆子上，一直通向顶端，另外一头铁丝连接到地下去。我只知道有电家里的灯才亮，才能看电视。

一个炸雷噼啪地炸开了，我又一闭眼。我感到浑身发冷，电线杆子上的流水经过我的手指，爬到了身上，然后钻进裤裆，流进了鞋子里面。

我开始发抖了，牙齿咯咯地碰撞着。我大声地叫喊着：“爸爸，你在哪儿啊？怎么把我忘了啊？我还在原来的地方等你啊！警察叔叔，你们怎么还没有来啊？你们来了，我就跟你们走，让你们带我去找我爸爸！”

我终于听见警车呜啊呜啊的声音，越来越接近了，然后，我看到爸爸的手从车窗伸出来对我摇摆着。我刚想放开电线杆子，向爸爸坐着的警车跑去，突然，一个更响亮的炸雷，伴随着一个明亮的闪电在我眼前划过，我只感觉到我的身子就像着火一样，瞬间就轻飘飘地飞向天空，失去了知觉！

城市里的阴影

一

从求学到留校任教，我在古城南京已生活了十二年之久。我是一所大学里的中文系讲师，现在正教大一的《中国文学发展史》。我依然在平淡而又充实地生活着。教学之余，我喜欢侍弄一些似乎与我职业有点相关的玩意——文学写作。

我每天都要从学校大门旁的传达室中穿过，顺便看一下是否有我的信件什么的，然后如往常一样慢慢走向我的住所。我不是学校里的双职工家庭，所以学校里的宿舍就没有我的一份。我们在距离学校不远的地方买了一套刚能让我们一家子转得过来的房子，下班后大约十五分钟就可以走进家门。

那天，我从传达室里走过来时，一眼就看见写有我名字的信件，是某家杂志社寄来的两本刊有我作品的样刊。

路上行人不多，我撕开黄色牛皮信封，抽出散发着一股油墨香味的杂志，然后一边走一边一页一页翻找着著有我姓名的那篇文章。这是我的习惯。刚看到名字时，手中的杂志随着一声清脆的响声跌落于地。我正想弯腰去捡起杂志，然后再看与我相撞的人，但我的手还未触到杂志时，一只纤细而又乌黑的小手已经迅速地抓起了地上的杂志。我那原本欲弯的腰一下子直了起来。

立于我眼前的是个十六七岁的男孩，确切地说，似是一个中学生：一套半新半旧的校服，是那种天蓝色双腕附白条的校服；一双白色的就要涨破的跑鞋。我还看见了他一对充满惊慌又有一丝不易明察的兴奋的眼睛。

当我伸出手并说声对不起就想去捏他手中的杂志时，我却听到了一句使我费解和迷惑的话："该是我说对不起的，因为我是故意撞上你的。"在我确信这句话是真的从面前的男孩口中冲出来钻入我的耳孔时，我的思维产生了瞬间的空白。我正欲开口问他的时候，他居然把那本刊有我作品的杂志紧紧地捂在了胸前，生怕我从他手中去掠夺似的。我居然被他的动作逗出了笑声。他又盯了我一眼，然后才张开小嘴巴对我说："我好想看书，什么书都行，只要有字就可以了。其实我已经盯上你几天了，我知道你是这所学校里的老师。我只想向你要一本书看，我真的很想看书，有字就行。"

一时之间我没有搞清楚到底是怎么回事，但我看见他的眼睛里有一份过早成熟的阴郁。

其实，正是秋日里一个很早的下午，阳光还很明亮地洒在天空，透过路两旁的树间空隙斜射到地面或人身上来。我上完我该上的那节课后就向自己的居所走着，不想却与这个男孩相撞了。

我定住双脚，用手推了一下鼻梁上的眼镜。我知道，一个故事就要在我的面前发生。

二

中学生一样的男孩没容我站好就慢慢地移向路边一棵碗口粗细的法国梧桐树旁凭倚而立，目光很坚强地凝视着我迷惘的脸庞。

“老师，你肯定是个爱看书的人。我在这所大学附近已经逗留十几天了，我看到你每天除双休日外都从这儿经过，还时常捧着本书边走边翻。”男孩对我像熟人那样不加防范地说道，“我是从农村学校里逃出来的高三学生。其实我很想读书，只有一年时间就要考大学了，可我又实在没有办法继续读下去，所以就逃到了这座我很熟悉很向往的城市。十几天了，我用光了仅有的一百元钱，但我不想回去，尽管这个城市开往我们那儿的班车每天都有；我更不想找工作，我知道我现在这个样子没有人会理睬我的。我只想在校园里徘徊，因为只有校园里才不会让我感到恐惧和无所适从，这里面只有纯真的友谊和干净的读书声。我不知道我将何去何从，就是不愿回去，所以在这陌生又似乎很熟悉的学校边缘游荡着。现在我忽然想找本书看看，可你一出门就低着头，我只好迎着你撞了一下，然后向你要一本书看看，不想竟把你的书弄掉在地上，真的很抱歉！”

我心神未定地听着男孩的诉说。他的头渐渐垂了下去，目光似乎正落在他胸前的那本杂志上。

我的思绪开始恢复和沉静下来。我对眼前的男孩似乎没有产生那种陌生的反感情绪，却仿佛他就是我系里的一名学生，像平时在课外与我偶然相遇时向我请教一个问题那般平常和自然。我已决定用心来听听这个孩子的故事，其实我并不比他大多少，我的儿子也刚刚读小学二年级。

太阳慢慢西沉，九月的阳光温柔地斜落在男孩的脸上，那一张稚嫩的脸上却镶嵌着一双忧郁的眼睛。

散学的铃声回荡在校园的四周，一会儿就从小门里拥出一股股长长的人流。自行车的铃声此起彼伏，宛如风铃般鸣奏出一阵悦耳的音响来。许多学生投来好奇的目光望着我和我身边神情忧郁的男孩。他们或许以为我又在找学生谈话了，这是学生很反感的事情。

我无法再伸手去索取那本刊有我作品的杂志。男孩依然用一双手紧握着那本杂志捂在他的前胸，没有要还我的意思。

不远处的小吃店里开始营业了，小吃的香味不一会儿便快速地向四周扩散开来。我发现男孩重重地咽了一口津液，那该是一种因为饥饿而被食物引诱的自然反应吧？哦，他不是说已经用光了仅有的钱吗？我的脑海突然就闪现出自己小时候一些残留的感觉。我也是从乡村走出来的呀！

我露出一副悠然的笑脸，走过去，拉住男孩那只纤弱的正在抓划着他身边树皮的手，说：“来，跟我去吃点儿东西，我有点儿饿了，我们先去垫一下肚子。”他没有拒绝，连一丝犹豫的反应都没有，就随我走向小吃店。

我要了两个煎饼和两碗小馄饨。我边吃边欣赏他像只小饿狼一样吞咽着面前的食物，不时打出一个响亮的嗝。他的脸上此时绽放出一抹绚丽的红晕和笑意。我明白那笑容里包含的内容。

“谢谢你，老师！我想你该是个聪明的心理学家，不然，我真不知道要挨饿到什么时候和什么样儿。”他有些羞涩地避开了我盯着他笑的目光。

店主看我们吃完，走过来收拾了碗筷又抹干净了桌子。店里还没有到吃饭高峰，人还很少。我仍然没有起身想走的意思。我用双手揉一揉镜框后面发涩的眼睑，然后从衣兜里抽出一支烟点燃，带着一份孩子般的轻快声调对男孩说：“我想听听你的故事，可以吗？——流浪的故事。”

男孩刚才还很愉悦的神情便倏地消隐而去，目光里又蒙上了那份黯淡的忧伤和茫然。他把我的那本杂志一点一点推到我的面前，然后用双肘支撑着桌面，把头放在双手间，用低沉又清晰的声音向我讲述起他的故事。

“我叫孟凡林，在乡中学读高三。我是个很差劲的学生，十几门功课，只有语文好一点儿，也只有语文老师比较满意我，其余各科，我只是随欲而学。我讨厌外语和教外语的那位常常板着脸而又发音不准、爱讽刺人的女英语老师。她总喜欢在课堂上讽刺和挖苦学生，尤其是我，我连作业都不交。我是个性格内向的学生，所以很自卑。我感觉每一个人都瞧不起我（除语文老师外），因为我家很穷。我每个学期的学费都是在开学之后的两个月才能缴清，而且是要我写一份关于减免部分学杂费的申请才能领到新书，这之前都是借别人用过的旧书。我兄弟姐妹五个，我排行老五，父亲在我不记事时就去世了，那时几乎全是由两个已经出嫁的姐姐偷偷攒下的私房钱来供我读完小学。初中的时候，我便在寒假和暑假去村里的一个小瓦工头那儿做提泥桶的临时小工来填补学费，但也只能是全部学费的一小部分，其余的依旧要去问姐姐们讨要或继续写减免学费的申请。一直到高二下学期结束。”孟凡林静静地说着，眼里慢慢扩散出一层轻雾，“今年放暑假时，我又去找那个小瓦工头，他说人已经多了，而且今年干旱，盖房人家少。我又四处打听找工作，但都失望了。高三上学期的学费便成了我的心病，而且学校已经不止一次表现出对我写免费申请的反感。原因是我的学习成绩一直不理想，要不是我在高一那一年里写了一部名叫《燃烧的青春》的小说和经常在县广播电台发表诗歌、散文，我想，学校早就不会理睬我读不读书了。我记得校长有次把我找去问了一些家庭情况后，就说：‘你继续读吧，学校还是帮你免掉一部分学费。其实我们学校的经费也困难，要不是你有点写作才能，我是不会管你了。你要知道，学校和你差不多困难的学生实在太多了。唉！’”

孟凡林停顿了一下叙述，掉头向街外望了一会儿，同时用手揉了一下眼睑。我知道那是在做一种不愿表露的掩饰。夕阳已然落下，城市开始变得昏暗起来，一些高层建筑的窗口上已经映出隐约的光亮。我猜想，眼前这个男孩的故事仅仅是开头，我不想就此离去而放弃一个动人的故事，那样我夜里会失眠的。我是个喜欢追根问底的人。我于是决定把故事听完，就像我希望您也耐心地听完故事的全部一样。

三

我站起身来向店老板要了两杯茶，并歉意地问有没有占了座位，老板很随和地说没有关系后就忙他自己的了。

我把一杯水推到孟凡林的面前，然后自己也端起茶杯轻轻地抿了一口，感觉一阵舒爽涌上心头。此时是无须我的追问，便能听到一个完整的故事。

“高二下学期的整个暑假，我都没有找到活儿做。我想过出去试试，但没有路费。除了读书之外的钱，没有人会借给我的。”孟凡林接着刚才的叙述，“两个多月很快就过去了，我只帮母亲做了一些锄草或煮饭的事。我曾经在和母亲一起锄草的时候探问过关于我开学学费的事情，母亲不置可否，只说到时候再说吧。其实我们都知道离开学就三天时间了。我知道我又免不了要再次去写那份已经写了四年的申请，可另一部分钱仍然没有着落啊。

“三天过后的九月二号，我去了学校，大多数同学已经领到了新书开始预习课文。我只是孤单地坐在自己那张空荡荡的课桌边，望着被画得乱七八糟的黑板呆呆出神。那时，我感到有种强烈的陌生和寒意钻进我的心里。同班了两年的学生，没有谁会注意我，我是个很平凡又沉默寡言的人。快中午了，同学们抱着书或背着书包走出了教室，当时只有我前排的一个女生走时喊了我一声说该回家了的话。我没有回答她，只是冲着她露出一丝勉强的笑容。我站起身与她一起走出了学校的大门，可我没有回家，我要到大姐家看看她有没有存到私房钱给我缴学费。我走进大姐家的时候，她很认真很熟稔地拽着雪白的棉花听我说明来意后脸就变得阴暗起来。但她还是走进里屋在箱子底部翻找了半天才捏出两张十元人民币递给我说，今年天干，收成不好，没有余下多少钱，你也看到你五个外甥吃喝都要花钱的。你再到你二姐那儿看看吧，她家境好一些，看看是不是能多给你一点儿。我接过钱什么都没说就走出大姐家的门，然后往二姐家的方向跑去。两公里的乡间小路我只用了十分钟就闯进了二姐家。二姐没有令我失望，给了我八十元，并且说了一番与大姐相似的话。我想着这点钱离我的学费还很远时，心里就开始发紧低落。我无心再在二姐家吃上一顿比自家要好一点的午饭就徘徊到了家里。母亲还在地里忙碌，没有回来做饭。”

四

孟凡林停止了讲述，伸手端起桌上的茶杯往嘴里深倒了一口望着我，然后又扫了一眼店外的街市。外面已经黑了，不同的灯盏像星星一般闪烁着，各种店门和楼窗中都有了不同色彩的光亮，不远处的夜总会里有轻曼的音乐飘出来。我读懂了他一扫外面夜景的含义：我该回家了。

当“回家”的字眼在我的脑际一闪而过时，我不禁一震：他的家呢？他怎么办？是住宿旅店，还是露宿街头？或者整夜游荡在城市的阴影中？我想该是后者吧！

我没有忘记伸手把桌上那本我的杂志抓起来握在手里，连我自己都惊讶于我的脱口而出：“走吧，跟我去我家继续讲你的故事，我很想把故事听完。”

当孟凡林与我跨进我的家门时，妻子和儿子都没有表现出过分的惊奇，因为我常常领着我的学生回来（当然是男生）长谈，有时就留在家里，和儿子凑合一晚，第二天再一块儿去上课。

我让他去冲了个热水澡，然后又叫妻子做晚饭。在吃晚饭的时候，我们没有再提与他故事相关的话题，但我看得出来，他吃得很拘谨，在与小吃店里判若两人。妻子很热情地为他夹菜，儿子也很亲热地直叫大哥哥多吃。他愈发显得羞涩了，不断闪躲着我们一家亲热的目光。

晚饭后，妻子去看她迷恋的电视剧，儿子也知趣地去写他的作业了。我拉着孟林凡的手走向我的书房。我们面对而坐，然后我便微笑着说可以开始讲你的故事了。

“我开始淘米做饭。家里没有什么菜可以炒，我只能从那只陈年旧坛里掏几把老咸菜——腌豇豆——来切碎了装在磁盘里放在饭锅里蒸，然后坐在灶头一边烧着锅一边拿着本托尔泰斯的《复活》翻看，那是从同学处借来的。乡下烧饭的燃料都是各种农作物的秆子和叶子，我只能一把一把机械地往灶膛里塞着油菜秆，从忽明忽暗的火光中感觉草是否燃尽，然后又用手本能地抓着草往里面塞，眼睛却一直盯着书页不动，时常会忘记了周围的一切和自己在做着什么。我的所有课外阅读就是在这样的情景下完成的，包括上厕所也一样。不知什么时候，母亲的一声叫骂把我从虚幻的世界拉回到现实：‘该死的东西，饭都让你烧糊了，又在看那些鬼东西了。你不要再上学了，就在家看那些鬼东西好了，反正家里已经没有钱叫你去糟践了。’妈妈总把我看的小说骂成‘鬼东西’。我赶紧把书揣入怀里，用烧火钳把灶里的火星使劲地拍灭，一看锅上面已经冒着浓烈的焦煳味的青烟。

“下午，我没有去学校。晚上同村的学生告诉我说明天就开始上课了。母亲正坐在门槛边剥着青大豆，什么也没有说，甚至连看都没有看我一眼。

“第二天清晨，我喝了两碗米汤似的稀饭就走向学校。我走得很慢，我多么希望通往学校的路远些再远些，远得没有尽头，让我就那样一直走下去，走到天荒地老。我不愿在家看母亲挂着浓霜的面孔，也不想进到那个没有友爱的学校。可我最终还是走进了学校的办公室，向副校长再次要了学校里那张我填了无数次的学校减免申请表：

申　请

因家庭贫困，无法缴清学费，请求学校给予减免部分学费。

特此申请

高三学生：孟凡林

9月3日

“副校长又看了我一眼，似乎对我很陌生一样，老半天没有伸出手来接我递出去的那张申请，我就那么尴尬地伸着手不知该如何是好。

“我没有想到副校长最终没有接过我写的那张申请，他告诉我说，今天学校已经研究决定取消减免学生学费的规定，原因是学校财务十分紧缺，教师工资都无法正常发放。我只是稍稍地愣了那么一刻就一下子冲出了校长办公室，然后跑到自己的课桌边坐下来。那时，我心里不知道为什么反倒踏实了许多，或许那时一种长时间的压抑和自卑心理得到了解脱，我感到一阵轻松：终于可以不写申请、不再看校长那种让人心慌的眼神了。

“同学们依旧在翻阅着自己的新课本。我忽然就开始厌倦这个教室和教室里面的人。我想到了我所读过的那些书中描绘的外面精彩又宽广的世界——到外面去闯一闯，离开这个地方，让自己换一种环境和空气。那种一成不变的寂寞与单调幻化成流浪的欲望在此时强烈地占据了我的脑海。只是在我真的走出教室走出校园时，心底油然生出一份怅然若失的忧伤：我真的就要成为一个流浪的人吗？像金庸或古龙小说里的人物那样去闯荡江湖、浪迹天涯吗？可他们有剑、有盖世的武功，而我，口袋里唯有姐姐们的一百元。我凭借着这点钱可以去纵横江湖吗？

“我在离校不远处的一块玉米地旁坐了下来。田野里一片青绿：已经抽穗后的稻子沉沉地低下了头，宛如一位即将出嫁的姑娘羞得抬不起头；身旁的玉米棒就要成熟、饱满，那包不住的胀裂就似少女成熟的青春。我忽然想到我心里牵挂的那个常常在放学时喊我回家的很成熟的女生，瞬时就有一阵犹豫和不舍。”

孟凡林对我望了一眼，脸上掠过一道红晕，过后又是一副虚幻的神情。我依然默默地微笑着，没有提示也没有追问，我不想打扰他此时美丽的回忆。

“从高一开始我就暗恋着那个离我座位很近的女生，她的身体就如我刚才看见的玉米棒一样饱满，它宛如一根夏日里的冰棒一般引诱着我鼓励着我、走到了现在。每天只要看见她我就心静如水，就像有了依靠和归宿、有了努力的方向和动力。所以，每次放学我都是等她走出教室才随着她回家，有时她会静静地喊我一声回家了。我们总会同走一段路程，然后在岔路口分手。说真的，从她的目光中我从没有产生自卑的感觉。如果不是那个女生，我想我也许坚持不到现在。我真的好不情愿写那份减免申请和看到两个姐姐不愉快的脸色，如果不再读书，什么都解决了。但我仍然一天一天消磨着时光，有时候还在日记本上涂鸦着别人看不懂的诗句，然后在寂寞与无聊的时候拿出来把玩和回味。但是，我永远都不会也不敢让那位女生发现我的心思，这也许就是我唯一的隐私吧！

“我就要离开我曾经依恋的校园了。我最后一次坐在那块女孩必经的玉米地边。这是我第一次先她走出教室和学校啊！我在潜意识中那么盼望我等待的女生能从不远处的地方向我走来，也许是最后一次同路了！当我终于看见她慢慢离我近了的时候，心却异常地慌乱起来，我不知所措地低下了头。我想站起身来走向回家的路，可却是如此的艰难。

“一会儿工夫，女生就走近了我。我只得低头，心里是那么希望她就这样走过去，也害怕她就这样走过去，因为也许这是我们最后一次同路了。

“我的感觉告诉我她停下了脚步。我最终还是仰起头来迎着她望着我的目光。

“你为什么不上课？跑到地里发什么呆？放学了怎么不回

家？你还没有领到书吗？你可以像以前那样借旧书来暂时用用呀。'女孩勇敢地直视着我，目光中充满疑虑和关切。

"我忽然有种想哭的感动，真想扑进她的怀里倾诉我内心所有的苦闷和无奈，但我只是长长地吐出一声叹息。我说我决定辍学，我说我是考不上大学的，我还说我就是考上大学也没有那么多钱跨进大学的门槛，所以我一直在散漫地学习着。她有些惊异，但又似乎全在她的预料之中。她说：'你可以多学习一些文学知识，以后从事写作。你不是已经发表一些作品了吗？你应该相信你自己，你连自己都不相信，就没有人可以挽救你了。'

"我只能勉强地挤出一抹笑容来掩饰内心的感激和感动。

"我站起来和她并排走着。我走得很慢，两年中我第一次与她走得这样近，似乎有淡淡的异性体味钻入我的鼻孔。我多么希望路就这样延绵下去，让我们走到白头偕老、天荒地老、海枯石烂！可是分岔的路已经近在眼前了。我终于鼓起勇气吐出我憋了很久很久的话：'我会永远记住你的，无论我走到何地。'然后就向我家的方向冲刺而去。我没有回头，也不敢回首。"

孟凡林的头垂得很低，几乎看不见他的眼睛和面孔。台灯映出他消瘦的身影投射到墙壁上，像极了犯了错的囚犯在俯首认罪。我同情于他的不幸的同时，更惊讶于他的过早成熟。在我的潜意识里，如他一般的年龄的孩子应当是快乐无忧的啊！

"我就在第二天的清晨走出了家门，怀揣着那 100 元钱来到了这个城市。我知道我愧对两个姐姐，更愧对唯一喜欢我并寄希望于我的语文老师。我给母亲留了字条，说明了我的去向和目的。她会找村里的学生看的。我知道我在欺骗着他们，也在欺骗着我自己。”

孟凡林似乎没有把我当作一个陌生人来隐藏他的心态。我就那样静静地坐着，眼瞅着面前瘦弱的他，心开始不断往下坠落。

“我来到这个城市就开始注意人群中学生模样的人，然后尾随他们来到了你们学校的附近，饿了就买个烧饼稍稍垫一下，渴了就找家饭店要点自来水吞咽几口，困了就找个阴暗的角落龟缩着等待天明。我不敢那么肆意地花我手里的钱，可是我还是只坚持了十几天就全用光了。即使每次花那么一元或三元，我就仿佛看见了姐姐们的眼泪在不断地滴落……

“我渐渐开始思念学校，想念语文老师，想念那个劝我继续读书，以后从事写作的女孩，想念母亲在雨天里一步一滑地去村子东边的老井里担水。想到这些，我在夜里像只失群的狼一样孤独寂寞地嚎叫、哭泣。偶尔，有个夜行的人被我的哭声吓得远远地绕开去了。

“我在一个清晨的雾气里醒来，突然看见一个学生在离我不远处晨读，那琅琅的读书声强烈地感染着我。我好想读书，好想回到学校啊！可此时我已经没有一点儿办法了，没有一分钱，回家和买书都成了一份无奈的奢望。我终于在那天下午就盯上了你和你手里的杂志，我就没有犹豫地迎面撞上了你，不承想竟撞进了你的家和你的生活。”

当我抬眼再次凝视面前这个小孩子时，眼睛竟有些模糊——那似乎就是若干年前自己的再现啊！

五

第二天清早，我们在街上的馄饨摊位上吃了早点，然后走向学校。我在教室的一个角落旁边为他安排了一个座位。我把我的教本借给了他。今天讲的是庄子的《大鹏赋》。我第一次把庄子的这篇佳作讲解得深入浅出、通俗易懂，我讲得口若悬河、讲得淋漓尽致，仿佛我就是庄子笔下的那只飞跃九重天跨越千万里的大鹏，我仿佛要把我的学生驮向那没有苦难没有悲伤没有仇恨的世界。

今天，是双休日的第一天，我带着孟凡林爬了紫金山，瞻仰了中山陵，游了玄武湖，逛了夫子庙。我看得出来他玩得很开心，暂时忘记了自己的处境。

星期一是我的活动课。我开了一个很感人的主题会：我向我所有的学生介绍了孟凡林和他感人的故事。我动员他们能伸出友爱的手来拉他一把，帮助他回去完成最后一年的学业。然后考到我们这个城市这个学校来做我们的朋友。我的提议得到一致的拥护。我看到同学们开始从自己的衣兜里掏出张张钞票和硬币向我的讲台走来，场面显得那么热闹、壮观，以至有点暂时的混乱。我看到我的讲台上很快就垒起了一座友谊与爱的丰碑，在窗外射进来的阳光下熠熠生辉。

我满以为在这个九月晴朗的上午，我与我的学生们在教室里上演了一幕可以在我们整个学习生活中值得铭记的场面。可当我把所有的钱都整齐地叠放在一起，准备当着我所有学生的面把这笔足够孟凡林一年的学费和生活费交到他手里的时候，我却发现孟凡林早已不见踪影，只有一张与十元纸币一样大小的字条静静地躺在讲台上。字条上是几行草书一样的字："林子老师，谢谢你及你所有的学生的一片真诚，我会铭记着你们的深情厚谊，就像记住我的学校、我的语文老师和那个我永远不会忘记的女同学一样。但我不愿也不能再接受太多同情，我不能在心底埋藏太多的感恩。我改用米兰·昆德拉说的那句话'生命中不能承受之重'，原谅我的不辞而别，请把你的学生奉献的那笔爱心资金变成一项'奖学金'返还给你的学生吧。我将走向下一个没有目标的方向。"

我呆呆地伫立于讲台之上，以至放学的铃声也充耳不闻。我只是茫然地看到我的学生也正用疑惑的目光望着我。教室里没有一点声音，而那张字条正从我的手中飘然而落。

市　侩

老杨是个退休的教师，与书打了一辈子的交道，是个很随意的人，尤其是在生活中的穿着上。无论是在家，还是出门时，老杨从来都想不起来要刻意地去打扮自己。毕竟五十好几的人了，许多人和事他都看得透了，看得淡了。他还是一直固执地以为，一个人是否有水准，不是从外表能衡量得出来的。那一天午后，阳光很温和地照耀着，老杨漫步走入镇上的街道。

这是一个江南古镇，街面两侧林立的门市绵延向前方，流行音乐热烈地飘荡在街头巷尾。老杨一边漫步，一边观赏着街景，很惬意。他此时正经过一家门头写着“赏心悦目”的茶楼门前，透过门上宽大的玻璃，他看到里面坐了一些衣冠华丽的人在谈笑品茗。如今的生活真是好啊！口干了可以随处买到各种饮料，还可以在茶楼品尝来自全国各地的上等茶叶。

老杨心里想着，手就推开了茶楼的门。一位身着绸缎旗袍的服务员，走过来对老杨喊道：“你是干什么的？我们这是茶社。”老杨一听心里就有些纳闷，随后就生出了一份愠怒。我不知道这里是茶楼？这两个字它能难倒我一个教了几十年书的老先生？哼，真的是门缝里看人啊！老杨说：“我想看看。”“看什么看呀？喝茶聊天，又不是要把戏的地方。”一个经理模样的女子从吧台后面走过来对老杨喊叫道，“不消费就出去，我们这儿忙着呢。”话语里有点厌烦和呵斥的味道。

老杨就像一个被人堵在门口的乞丐。老杨的一份好心情就这样被莫名其妙地堵了回去，他悻悻然地回了家。当老杨走进卫生间里，从那面很大的镜子里看到自己的面容时，就什么都明白了：凌乱花白的头发，邋遢的胡须，朴素的灰白色休闲装，与乡下一个刚从田地里收工回来的农民没有什么区别。

老杨的心就更堵得慌，他总想找点什么事情做做，否则他会吃喝不香，一夜不得成眠。门外有人敲门，原来是表弟小丁来串门。小丁一眼就看出了老杨一脸的阴云。当小丁知道老杨堵心的事后便乐了，笑话他真是少见多怪。老杨心有不甘地倚靠在沙发上，思索了一会儿便气冲冲地走进卫生间，三下五除二，把头洗了梳了个大背头发型，然后到自己的卧室里换了一身衣服出现在小丁的面前：一套笔挺的藏青色西服，一双擦得锃亮的大头皮鞋，再戴上一副宽大的墨镜，一手拿着苹果 7 手机，一手夹只公文包，俨然一个经商发了的款爷形象。“表弟，随我走一趟，好吧？”老杨面对来访的小丁说，“我想试试换身行头的效果，你配合我一下，也当我们去找个乐子。”老杨冲小丁说完便走出门到路口招手拦了一辆白士，然后把小丁推入后座，自己坐到了副驾驶位置对司机说：“能把出租的牌儿拿了吗？到泰安路的‘赏心悦目’茶楼门口，等我三五分钟，回头我们还打您车。”

出租车一溜烟就来到了茶楼门口，“笛”的一声鸣叫后停了下来。没等老杨的脚落地，茶楼的门就打开了，一边一位靓丽的小姐侍立左右，等老杨刚走到门前就同时躬身甜甜施礼：“欢迎光临。”老杨一转身把手里的公文包递给跟随身后的小丁说道：“没事别烦我，我看看这里的环境，你就在车里等我好了。”说完大摇大摆地跨进了茶社的门问，“你们经理呢？喊她过来，我有话问她。”一名迎宾小姐飞快地跑向吧台，刚才呵斥老杨的那位经理从吧台后面迅速地迎向老杨微笑着问候道：“老板有何吩咐，我们的服务会令您称心如意。”老杨咧嘴笑了笑，手里抚弄着苹果 7 手机说：“镇上几家茶楼我都去厌了，没什么创新，今天来你们这儿瞅瞅，可以的话，以后我们约会客人谈业务就定在这儿了。你带我随便看看好了。”经理一边应承着一边引领着老杨向楼上走去。刚走几步，老杨的手机就唱出了“两只蝴蝶”的彩铃声。“王科长呀，我不是交代过你么，这点小事还来烦我？你会不会办事啊？我正在考察一个地方。好了，就这样，你自己看着处理吧。”老杨挂了电话，嘴里嘀咕着说，“现在的人都是怎么弄的，一点儿小事都办不好，一个个却穿得人模狗样，肚子里什么货都没有。”茶楼经理一边听着，一边问老杨做什么生意。“小买卖，不成气候。”老杨说着作势要掏名片，又一拍脑门，“哦，名片在下面车里的丁秘书那儿呢，下回吧。”经理笑吟吟地应允着。

老杨到了二楼上的雅座和包间，最后又下到一楼吧台边。几个服务小姐一哄而上，围着老杨热情地问他需要点什么。老杨两手划拉着，一边往外移动着脚步，一边嘴巴里应付着说：“下回吧，下回一定来，挺不错的地方，我马上要去主持一个会议哩。”几个人簇拥着老杨，宛如众星捧月一般，抢着拉开两扇大门，然后齐唰唰地躬声道：“老板，请慢走。欢迎您下次光临。”

老杨走向出租车时，回头狠狠地盯着那一群衣着华丽的小姐，然后钻进车坐下来，也不知道他是在自言自语，还是在问身边的小丁：“真不明白，那些人，鲜艳的衣服里面包裹着的都是些什么东西？”

在虚拟世界里寻找灵魂安顿的归宿（代后记）

蓦然回首，才发觉，断断续续写作已经有二十几个年头了。可是，令人羞愧的是，如今却没有一篇像样的作品能拿得出手，更没有所谓的成名作、代表作之类的文字。作为一个挂着作家名头的人来说，是该愧疚和反省的。

我真正开始写作，应该是初中二年级。那时候，我在作文本上写了一篇名叫《写给自己的独白》的作文，语文老师没有给我下评语，而是用红色钢笔在文字末端写了大大的三个字“好作品”！作为一名学生的作文，能被教了几十年书的语文老师称为作品，已经算得上是最高的赞赏了。后来，我偷偷把这篇稿子投了征文，果然获奖了，并且收入了当年获奖文集《跨世纪青年作家作品集》，当时轰动了我们整个校园，我的写作就从这里真正开始。初二下学期，我又偷偷写了一部长篇小说《燃烧的青春》，是以我的家庭背景为导线，加上青春的热情，整整六个笔记本。不知道怎么就被同学们知道了，传扬了出去，许多高中学生也跑来催问我要下集看。终于，这个情况在一次晚自习被班主任丁绍彬老师知道了。他在一次课间休息时候，问我要去了小说原稿，几天以后，还我的时候，多了七张信笺纸，上面写的是满满的鼓励和赞许。毕业后，我四处流浪，漂泊不定，做过瓦工、厨师、业务员、民工学校语文老师、卡车驾驶员。无论怎样困顿，我从来没有间断过写作，写作已成了我生活中的一部分。

原以为，我永远都不会丢弃文学和写作，可是生活就如海啸一样冲击着我的心灵和身体，让我在同龄人眼里变得寒酸和落魄不堪。眼看着别人都有了车有了房，可以随心所欲地去感受诗意与远方，我开始怀疑人生和我自己，因此就开始慢慢淡漠了文学与写作。

其实，我是在我写作走进高峰的当口儿，就如同突然急刹车一般停了下来。那一年，我在省刊《雨花》发表了中篇小说《艾草的守望》，并且上了封面头条；接着在江苏省一级刊物《翠苑》文学杂志发表了短篇小说《闯红灯》，也是封面头条；在老牌刊物《青春》发表小说《请教自己》；诗歌也在《扬子江诗刊》刊发。接二连三地发表作品，原本是让人欣慰的事，可是面对窘迫的生活，我在忧郁中停滞了，就如写作遇到了瓶颈一样。这一停，就是五年！五年里，我埋头苦干，开渣土车，运建筑工地上的砂石料。

我还能清楚地记得，南京市作家协会开新会员座谈会，当我风尘仆仆地跑进会议室，说我才从渣土车上下来的时候，在场的领导和作家都惊讶地张开了嘴巴。他们也许无法相信，一个作家，居然是开着庞然大物的自卸车驾驶员。

我还跑过长途物流，南京到常州，苏州到上海，每天往返一趟，而且都是夜间发车，期间的艰辛只有自己体会得到。然后，我终于一狠心，借钱按揭买了房、买了车，似乎是和我的同龄人走在一条起跑线上了。

本该就此知足常乐了。然而，突然在某些时候，心里总是空落落的，似乎没有了依靠，就如行走在茫茫夜色里，找不到回家的方向。每次收到省作协一包沉甸甸的刊物，心里就翻江倒海地难受，很多杂志都没有拆开过，这时候就仿佛欠谁的钱没有还一样不安，甚至是有了愧疚感。

恰逢江宁区文联签约作品，而且通过审核，这样又迫使我再次回头整理这些文字。因为文字还不够一本书的容量，我不得不在繁重的工作之余，每天早上四点半起来写上四五百字，积少成多，一个月才聚齐了书稿，然后和上海做设计师的同乡好友杜振联系，和青年报的陈仓兄商讨书封和用纸等事宜。

在此，感谢百忙之中抽空给我写书评的著名诗人、小说家、南理工的黄梵教授；一级作家、原常州《翠苑》执行副主编冯光辉老师；我的中学老师、西安师范大学教授丁绍彬老师；文友张为良；诗人孙善鸿。特别是上海的同乡同学、设计师杜振，他在百忙之中不断给我提议有关封面设计的方案、插图的构思，以及整体效果的设想，加班加点地赶制出最终的封面。是这些师友促成了这本书的出版，我不得不铭记于心，感恩之情无以言表！

我的灵魂还是在漂泊不定地游荡着。但愿，我会在这些虚拟世界里找到灵魂安顿的归宿。

2019 年秋